小学館文庫

リスクの神様（上）

百瀬しのぶ
脚本　橋本裕志

目次

――主な登場人物

西行寺　智（47）サンライズ物産　危機対策室室長
神狩かおり（30）サンライズ物産　電機部主任
財部　栄一（60）サンライズ物産　危機対策室副室長
結城　実（35）サンライズ物産　危機対策室渉外担当
種子島敏夫（45）サンライズ物産　危機対策室調査主任
原田　清志（33）サンライズ物産　薬品部主任
橘　由香（37）サンライズ物産　広報部主任
松波　繁（48）サンライズ物産　電機部部長
逢坂　統吉（39）サンライズ物産　専務秘書
白川誠一郎（58）サンライズ物産　専務
坂手　光輝（60）サンライズ物産　社長
関口　孝雄（73）サンライズ物産　記憶障害の老人
神狩あかり（55）神狩かおりの母
神狩　雄三（48）神狩かおりの父　元大手ゼネコン社員
生島　徹（50）生島電機社常務　兼　ＬＩＦＥ社社長

第一話

激しく鳴り響く車のクラクション、行き交う三輪自転車タクシー、人々の声……。

サンライズ物産・電機部主任の神狩《がかり》かおりは、高級ホテルの最上階の一室からインドの街並みを見下ろしていた。黄色いノースリーブのワンピース姿でワイングラスを片手に、優雅な夜のひとときだ。

「ついにここまで来ましたね」

気分が昂揚しているかおりに、背後から生島《いくしま》電機・専務の生島徹《とおる》が歩み寄った。

「思い出すよ。五年前、君が突然会いにきた日の事を。平社員の若い女が何様のつもりだと、秘書たちは門前払いにしようとしていたっけ」

生島はふっと思い出し笑いをする。三十歳のかおりより生島は二十歳年上。生島は業界でも有名な実業家だったこともあり、当時、かおりはずいぶん生意気だと思われていたようだ。

「あの節は立場もわきまえずに失礼致しました」

「あれがすべての始まりだった。君が持ち込んだ特殊耐熱素材がLIFE事業を大きく動かした。たいした女性だよ」

「あらゆる企業と手を結んで世界を動かすのが商社の仕事ですから」

と言ったかおりの横顔を、生島がじっと見つめている。

「……何か？」

「……妙な噂を聞いた。君には気をつけろってね」

「……噂？」

「契約を取る為には取引相手と寝ることも厭わない」

「そうですか。生島さんの耳にも届いてましたか」かおりは笑みを浮かべた。「入社面接のとき、売れる物があれば地の果てまでも買い付けに行くのが商社だって言われました」

「それで？」

「だから私は、契約を取る為ならどんなことでもする覚悟ですって答えたんです。そしたら、〝どんなことでも？〟って面接官が嫌らしい顔で笑って……それが廻り回ってそんな噂になって。今では契約を取る度に誰と寝たんだって囁かれてるんです。面倒臭い」

「……で、実際のところはどうなんだ？」

生島は尚もかおりを探るように見ていた。

帰国したかおりは、それから半年後、『ＬＩＦＥ』記者発表会場にいた。

スクリーンの宇宙空間には、荘厳な音楽とともに流星群が現れた。やがて小型高性能部品〝ＬＩＦＥ〟に姿を変え、燦然《さんぜん》と『ＬＩＦＥ』のロゴが輝いた。

「ＬＩＦＥは、不可能を可能にしました」

モバイル電話、車椅子、電気自動車、新幹線、ロケット等にＬＩＦＥが搭載されるイメージ映像を、かおりは流暢な英語を使って、マイクで説明し始めた。語学はかおりの最大の武器だ。この日は紺のシンプルなワンピース姿。かおりの笑顔は壇上で誇らしげに輝いている。

「短時間で莫大な電気量を蓄電できる次世代型バッテリーＬＩＦＥは、あらゆる移動機器分野で世界市場を席巻し、コードレス時代の幕を開け、地球上にエネルギー革命を巻き起こすことでしょう」そして、この後からは日本語にうつりかわる。「なお、ＬＩＦＥを共同開発したサンライズ物産と生島電機は、新たにライフパワー社を立ち上げました。ここで社長に就任した生島徹を紹介させていただきます」

「御紹介にあずかりました生島です」

壇上の生島が日本語で挨拶をすると、海外メディア向けに米国人の同時通訳が入った。

「次世代型バッテリーＬＩＦＥには、既に全世界の企業から問い合わせが殺到しており、前途洋々の船出となりました。まず手始めに、ＬＩＦＥの性能を世界に知っていただこうと、個人家庭向けにＬＩＦＥバッテリーを内蔵したパソコンと自走式掃除機を発売することも決定致しました」

スクリーンにパソコンと自走式掃除機の映像が現れると、記者たちのフラッシュが注がれた。

「世界の生島電機の創業家長男である徹氏の社長就任は、ＬＩＦＥ事業への決意表明と捉えて宜しいでしょうか？」

記者から質問が飛ぶと、生島が答えた。

「ええ、負けるわけにはいかない事業ということですね」

「サンライズ物産の神狩かおり氏が、若くして商品開発担当役員に抜擢されたことにも関心が集まっていますが？」

また別の記者からの質問だ。

「既に欧米では多くの若い経営者が世界的企業を成功に導いています」

生島が答えると、かおりにもフラッシュが注がれた。

「ＬＩＦＥの可能性を象徴する若いリーダーとして、彼女こそがＬＩＦＥの未来を託せる人材だと信じています」

そう言われ、かおりは誇らしげな表情を浮かべた。

記者の取材を終えたかおりの元に、サンライズ物産の社長・坂手光輝《さかてみつき》が近づいてきた。さすが一企業の社長だけあって、貫録たっぷりだ。

「坂手社長、いらしてくださったんですか」

「いい発表会でした。お手柄ですね」

坂手はかおりに握手の手を差し出す。かおりも、ありがとうございます、と右手を握り返した。

「とうとう社長に認められたな。上司として鼻が高いよ」

かおりの上司であり、電機部部長の松波繁《まつなみしげる》も笑顔で近づいてきた。

「松波部長に厳しく鍛えていただいたお陰です」

「失敗の許されない大事業です。しっかり頼みますよ」

坂手はそう言い、松波とほかの取り巻きたちを連れて去っていった。かおりが一礼をしてうやうやしく見送っていると……携帯に匿名のメール着信が入った。誰だろう、と見ると……『今度は誰と寝たんだ?』の中傷メールだ。かおりは表情を曇らせ、周囲を見回した。歩き去っていく坂手や松波たちが話をしながら笑い合っているのまで、悪意の嘲笑のように見えてくる。

と、そのとき、廊下の突き当たりからこちらを見ている中年男に気づいた。クセの強そうな男が、なんともいえない、いやな目で見ている。男はかおりと視線が合うと、くるりと背を向けて歩き去った。

同じ頃、成田空港の通路を、アメリカから到着したばかりの男性が歩いてきた。ダークスーツ姿で、すらりと背が高い。

「西行寺《さいぎょうじ》さんですね」

声をかけられ、西行寺智《さとし》がぴたりと立ち止まる。

「財部《たからべ》です」

挨拶をしたのは、サンライズ物産危機対策室副室長の財部栄一《えいいち》、小柄で眼鏡姿の財部はもう定年に近い。

「……どうも」

「車へ御案内致します」

財部がトランクを持って歩き出そうとすると、西行寺は即座に拒んだ。

「その前に、本人だと確認できるものを見せて欲しい」

「……え、しかし電話で何度もお話ししましたし、自己紹介画像もお送りしましたよね」

財部は言ったが、西行寺はかたくなに右手を差し出して拒否をした。

「……わかりました」

財部は免許証とサンライズ物産の社員証を出した。『サンライズ物産　危機対策室副室長　財部栄一』の文字をじっと確認し、西行寺は財部に返した。

「それにしても暑いねえ」

急に破顔し、くだけた雰囲気になる。

「フェーン現象による記録的猛暑で、東京でも気温四十度を記録したそうです」

「君が言ってた蕎麦屋、案内してくれるかな」

「申し訳ありませんが、社長がお待ちですので」

今度は財部がさっと右手で拒否をする。ＬＩＦＥ掃除機とパソコンの巨大広告がある空港内を、とっとと歩き出した。西行寺は残念そうに口を尖らせながら後に続いた。

西行寺は今日から『サンライズ物産　危機対策室長　西行寺智』となるのだ。


夜、レストランの個室にはサンライズ物産の六名ほどの若手社員が集まっていた。

「すごいわね、神狩さん。あの坂手社長が祝福に来るなんて」

かおりにワインを注いでくれているのは、広報部主任の橘由香《たちばなゆか》。三十代後半にさしかかる由香だが、美人で仕事ができる。

「かおり、気をつけろよ。油断してると社長一派に足をすくわれるぞ」

と言ってワインを飲み干したのは、薬品部主任でかおりよりいくつか年上の原田清《はらだきよ》志《し》だ。

「気にしても始まらないんじゃないかな。要は坂手社長も一目置くような存在になればいいだけの話でしょう?」

かおりが言ったところに、専務の白川誠一郎《しらかわせいいちろう》が、秘書の逢沢統吉《あいざわとうきち》を伴ってやって来た。

「白川専務。わざわざありがとうございます」

かおりをはじめ、若手社員たちはいっせいに立ち上がった。

「LIFE事業は我が社にとって久しぶりの明るい話題だからね」

白川は連れてきた一同に席に座るよう言い、自らも着席する。

「坂手社長の独断専行の経営で、業績悪化が続いていましたから」

と言うのは、専務秘書の逢沢統吉だ。白川は社長の坂手と年齢はそう変わらないのだが、ソフトな雰囲気だ。逢沢は体格がいいので、用心棒のように見える。

「今や我が社は業界トップの座を脅かされている状況だ」

「だからこそ専務は、こうして君たち若手を集めて勉強会を開いているんだ」

そう言った白川と逢沢に、かおりは深く頷いた。

「そういえば、社長が怪しい部署を立ち上げるって噂を聞きましたが」

原田が言った。

「ああ、危機対策室か」

「表向きはトラブル処理の部署という触れ込みだが、坂手社長はそれを利用して、社員の弱みを握るつもりかもしれない」

白川と逢沢が言うのを、かおりはじっと聞いていた。

「社長はアメリカでGEや政府関連の危機管理に関わった専門家を危機対策室長に引き抜いた」

白川はなお続けた。

「またすごいの呼んできましたねえ」

感心したように由香が言う。

「〝the God of risk〟その男はそう呼ばれているらしい」

白川が言った言葉を、かおりは日本語で繰り返した。

「……リスクの神様」

数日後――。テレビのニュースが記録的猛暑を伝えている中、都内某所の一軒家、君原《きみはら》家のリビングでは、LIFEの自走式掃除機が作動していた。傍らでは長男で一年生の明《あきら》と、ふたつ下の弟、健《けん》がクッションの羽毛を舞い上げてはしゃいでいる。暑い中、しめきった窓は水蒸気で曇り、水滴で濡れている。ドアの開いた浴室では浴槽の湯が湯気を出し、洗面所の洗濯乾燥機が廻っていた。床暖房とエアコンの暖房が作動していて、とんでもないことになっている。

そこに、派手に着飾った母親の瞳《ひとみ》が、スーパーの袋を手に帰ってきた。玄関を入った途端、室内の空気に驚いて、慌ててリビングに走る。

「ちょっとなんなのこれ。すっごい湿気」

瞳はエアコンのリモコンを手に取った。

「やだ、なんで暖房なのよ。床暖までつけて。リモコン触っちゃダメって言ってるでしょう。いい加減にしてよ」

そんな瞳の怒鳴り声など聞かず、明と健はクッションで遊んでいる。すると突然、自走式掃除機がボワッと発火した。

「……え」

瞳が呆然としているうちに炎はカーテンに燃え移った。カーテン脇にいた健が、ギャーッと泣き叫ぶ。

「健！」

カーテンの火はみるみる大きくなっていった。

翌朝――。サンライズ物産本社の社員食堂のテレビ画面には、経済ニュースが映し出されていた。

『LIFE事業を好感して、サンライズ物産、生島電機の株価が軒並上昇。次世代バッテリー開発で出遅れた光星エレクトロニクスは大きく株価を下げました』

アナウンサーがニュースを読んでいるのを、財部はざる蕎麦を、西行寺はかけ蕎麦をすすりながら見上げていた。

「うまそうだねえ。食べたかったんだよ。久々の醤油味」

「でしたら早く召し上ってください」

眉間にしわを寄せた財部を、西行寺は手で制してひとこと言う。

「……猫舌でね」

「だったらなんでこの暑いのにかけなんですか」

「好きなんだよ」

ふうふう息を吹きかけて冷ましてすすろうとし、やっぱりできずにふうふうと息を吹きかける。

「慎重なのもけっこうですが、例の女性の件も急ぎませんと」

「ああ、その件なら既に動いてもらっている」

「……え」

財部が驚いていると、西行寺はずるずるっと蕎麦をすすった。うわ、あちいっ！ 声を上げたところに……かおりと由香がトレイを手にやって来た。財部が視線で西行寺に注目を促す。西行寺は、ん？ と、かおりを見た。ほかの社員たちも、ちらちらとかおりを気にしている。

「今やすっかり有名人ね。気分はどう？」

由香がかおりにささやいた。

「まだ実感はないですね。引き継ぎ業務が忙しすぎて」

「それが終ればライフパワーの役員室に引っ越しでしょう？」

かおりと由香が話していると、モニターには、アイドル北条《ほうじょう》ちなみを使ったLIFEの自走式掃除機と、パソコンのCMが流れた。いいCMですね、と、かおりが由香に微笑む。

「私も頑張ったのよ。トップアイドルの北条ちなみのスケジュールあてがうのにあの手この手を尽くしてさあ。ライフパワーの広報からお中元のひとつももらいたいぐらい」

由香はかおりに褒められ、誇らしげだ。

「橘さん、本当に助かりました。いつも無理なお願いをしてすみません」

「ま、私はあなたにサンライズ物産初の女性役員になって欲しいからさ。それより例の社長のメールどう思う？」

由香は『危機対策室設立にあたって――』と、スマホに届いた社長からの一斉メールを見せた。

「〝緊急事態発生の際はただちに新設の危機対策室へ報告して指示に従うように〟って、誰がしますかねこんなこと？」

かおりはスマホの画面をのぞきこんで言う。

「やっぱり白川専務が言ってたように、社員の弱みを握る為の部署だったりして」

由香の言葉で、かおりはとある視線を思い出した。発表会場で、かおりを見ていたあの男の視線だ。なんだか妙な不安がよぎったそのとき、かおりの携帯にメールが着信した。『生島徹』からだ。

『話したいことがある。今すぐ会えないか』

「ゴメンなさい橘さん。ちょっと急用が」

メールを読んだかおりは食事を切り上げて、慌ただしく食堂を去った。見送った由香の眼からは今までの笑みが消えていた。西行寺も蕎麦をすすりながら、感情のないふたつの眼でかおりを見送っていた。

ライフパワー社のロビースペースには、LIFE製品の広告や商品、そして記者発表時の生島とかおりの写真が展示されていた。かおりはそのロビーを通り、最上階の社長室に生島を訪ねていた。

「悪かったな。急に呼び出して」

「いいえ、大丈夫です」

「いい報せだ。君に真っ先に伝えたかった」

生島は笑みを浮かべながら、売上資料を差し出した。

「発売から三日で、LIFEのパソコンは百五十万台、自走式掃除機は三万台、記録的な売り上げだ。将来の主力となる自動車、鉄道での成功の見通しも立った。経済産業省も助成金の増額を検討すると言い出している。君のお陰だよ」

「とんでもない。生島さんあっての私です」

「それと、NBCのミート・ザ・プレスから出演依頼があった。週末、ニューヨークへ飛んでほしい」

「……私が、NBCに？」

「言ったろう？君がLIFEの象徴なんだ。世界に名だたる経営者との共演になる。僕たちは勝ったんだよ」

生島の言葉に、これまでの言葉でも誇らしげだったかおりの表情が、さらに輝いていった。

「失礼します」

と、そこに入ってきたのは、生島の秘書・平岡悟《ひらおかさとる》だ。

「おふたりともお揃いでしたか。それなら話が早い。例の苦情電話の主が判りました。杉並区浜田山在住の主婦、君原瞳さん」

と、苦情調査資料を置いた。

「……何か問題でも？」

かおりは眉をひそめた。

「ちょっとしたクレームが入ってね。ＬＩＦＥの掃除機が火を噴いて、子どもが火傷したって言うんだが」

生島が言う。

「……発火事故ですか？　それはありえませんよね」

「ああ。十時間の耐久テストを一万回行ってもそんな事例はなかった。製造工程もチェックしたが問題はない。言いがかりだよ」

「……言いがかり？」

「メーカーには悪質なクレーマーがつきものだ。ヘタな対応をすれば余計につけ込まれる」

「念の為、調布研究所のデータも確認してきましょうか？」

かおりは提案したけれど、

「こっちで対処しておく。君はＬＩＦＥのシェア拡大に専念してくれ。光星エレクトロニクスが出遅れている今のうちにな」

生島はそれは必要ないと否定した。

「……はい」

一瞬ためらいながら、かおりはうなずいた。

財部は、カートに山積みの雑誌や新聞を運びながら、廊下奥の突き当りにある『危機対策室』へと向かった。カートを押して入っていくと、かおりの写真が載ったＬＩＦＥ関連の雑誌記事や、社内資料がジャンル毎にきちんと整理され、ギッシリ並べられている。

「これ全部お読みになったんですか？」

財部は室長デスクで積み上げた雑誌記事を片っ端から読んでいる西行寺に声をかけた。

「まずは手に入るあらゆる情報を頭に叩き込む。それが重要なんですよ」

西行寺はそう答えると、財部が持ってきた生島が表紙の経済誌のうちの一冊を手に取った。と、デスクの電話が鳴り響いた。近くにいた財部が出る。

「危機対策室ですが……はい……はい……ええっ⁉」

いったいなんだ？　西行寺がそちらを見た。

「とんでもない緊急事態です！」

財部が焦った表情を浮かべ……。


翌日昼、西行寺は君原家の玄関口に立っていた。

「本当に御迷惑をおかけしました。大事なお子様の為にも、私どもとしても、しっかり調査したいと考えております」

「調査も何も、掃除機が突然火を噴いて子どもが大火傷負ったのよ！　跡が残ったらどうしてくれるのよ！」

玄関先には、腕組みをして西行寺を睨み付けている瞳と、頭に包帯を巻いた健が立っている。その横には、焼け焦げたLIFE掃除機とカーテンが置いてあった。

「なのにライフパワーも生島電機も挨拶にも来ない！　どういうつもりなの！」

怒り心頭の瞳の後ろで、兄の明は新しいクッションを叩いて遊んでいる。

「今後は弊社が誠意を以て対応致しますので、まず事故原因の調査の為に、預からせていただいて宜しいですよね」

西行寺は掃除機とカーテンに手を伸ばした。

「ちょっと待ってよ」瞳はすかさず制止した。「あなただって信用できないわ。大事な証拠は渡せない。だいたい誠意って何？　ちゃんと目に見える形で示しなさいよ」

「……わかりました。それにしても蒸し暑くないですか？」

そこに、天井から水滴がポタリと落ちた。

「またやったわね、明。リモコンいじっちゃダメって言ってるでしょうが！　お風呂も止めて来て！」

背後の明を振り返っている瞳の着飾った服やアクセサリーを、西行寺は鋭く見ていた。


『光星エレクトロニクスがアメリカのマウント社との提携を発表。年内にもライフパワー社に対抗する次世代バッテリー発売を目指す』

ビルの電光掲示板にニュースが流れているのを、かおりはオフィス街を歩きながら見ていた。その文字をなんとなく心に留めつつタクシーに乗り込み、生島電機調布研究所へと向かう。

「失礼します。所長、ちょっと確認したいことがあって伺ったんですが」

かおりが所長室に入っていくと、所長と共に背の高い男が立ち上がった。

「ああ、どうも。神狩かおりさんですよね？」

「……この方は？」

「ああ、サンライズ物産の――」

「新入社員の西行寺智です」

本人が即座に挨拶をする。

「新入社員？」

「つい先日、危機対策室長を拝命しましてね」

そつのない笑みを浮かべている西行寺に、かおりはなんとなく身構えた。

「あなたも気になっていたんですね。実は苦情電話がうちにも来ちゃいまして」

西行寺はかおりにそんなことを言う。

「そんなの言いがかりに違いないです」

かおりはきっぱりと言い切った。

「たしかに大仰なクレームではありましたが、一応、あなたにも事情をお伺いしてよろしいですかね」

笑顔一転、西行寺は表情を引き締める。

「これはライフパワーの問題です。あなたが出しゃばる必要はありません」

「サンライズ物産だけでなく、系列企業のリスクマネジメントも任されてますので」

「下手に取り合えば、火種を大きくするだけじゃないでしょうか？」

「しかしまあ、本当に発火した可能性もある訳でして」

「ありえません。ＬＩＦＥ製品は完璧なんです」

結局歩き去っていったかおりの背中を、西行寺は無言で見送っていた。


その日の夕方――。古い小さな町工場で、工場長の岡本一郎《おかもといちろう》は粉塵を吸いながら動くＬＩＦＥの自走式掃除機を使って働いていた。むせ返る湿気の中、汗を滴らせながら、布地を扱っていると……掃除機が突然ボワッと火を噴いた。火は、壁に立てかけた布地に燃え移っている。

「……っ！」

気づいた岡本は目を見開いた。


「西行寺さん、またまた緊急事態です！」

危機対策室で電話に出ていた財部は、慌てふためいて受話器を置いた。

「財部さんはいちいち大袈裟だねえ」

パソコン作業をしながら、西行寺は呑気に言ったが……。

「二件目の発火事故の報告がありました」

財部の言葉を聞き、すぐに表情を引き締めた。

翌朝……。サンライズ物産の喫茶コーナーでは、かおりがパソコンで自動車・鉄道事業の計画を練っていた。

「朝から精が出ますね。あ、噂のＬＩＦＥ搭載パソコンだね」

西行寺が隣に腰を下ろす。

「もしこのパソコンが突然発火したら、たいへんだろうね。それにしても二件目の事故はデカかったなあ」

「二件目の事故？」

かおりは眉をぴくりとさせた。

「嘘？　知らないの？　生島さんから報告ないんだぁ。ここは君も御挨拶に伺うべきじゃないかな」

「……どうして私が？」

「坂手社長の通達は見なかったのか？　〝緊急事態発生の際はただちに危機対策室に報告して指示に従え〟」

西行寺の言葉を、かおりが無言で聞いていると……。

「君は既に、苦情の報告を怠って社長の命令に違反している。そのうえ私の指示に従わないとなると、処分の対象になるよ」

かおりが席を立ち、廊下に出てエレベーターに乗り込んでも、西行寺はついてきた。

「一千億円以上を注ぎ込んだプロジェクトだってねえ。君もずいぶん優秀なんだって?」

西行寺が声をかけてくるけれど、かおりは完全無視を決め込んでいる。

「その年齢でライフパワーの役員だし、営業成績も同期の中でずば抜けてる。おまけに五ヶ国語を使いこなすほど語学も堪能だ。英語、フランス語、ロシア語、中国語、あとひとつは……」西行寺はわざとらしく資料に目を落とす。「あ、日本語でした」

顔をしかめるかおりの目の前に、西行寺から一着の女性用の地味なスーツが差し出された。

「……なんですかこのスーツ?」

「着替えてくれ」

「はあ?」

「謝りに行くのにその派手な服は失礼だ」

かおりはいつも高級で洗練されたスーツを着ている。

「製品に不備はないのになんで私が謝らなきゃならないんですか?」

「火のない所に煙は立たないって言葉知らないかなあ」

「火がない所に煙を立てる人間もいるんです。開発責任者の私が謝ってしまったら、ここぞとばかりにおかしな噂を流されるかも知れません」

「……わかった。謝るのが得意そうにも見えないし、今回は私が――」

「あなたに謝られるのも迷惑なんです」

余計なことをしないでいただきたい。かおりは言った。

「……わかった。なるべく謝らない方向でやってみるよ」


岡本縫製工場で、西行寺は焼け焦げたＬＩＦＥの掃除機を見ていた。それにしてもここは湿気がひどい。すると、天井から水滴が一滴落ちてきた。西行寺は汗を拭いながら天井を見上げた。

棚の木材や壁が焦げていて、天井には防犯カメラが設置されている。

「どうしてくれるんだ！　商品も焼けて納期にも間に合わねえ！　このままじゃうちは潰れっちまうよ！」

憤慨している岡本を気遣いながら、西行寺は口を開いた。

「火災保険にも加入されてなかったんですもんねえ」

「ふざけんな！　うちみたいな零細企業に保険なんて入る余裕あるわけないだろ！」

「でしたらどうでしょう。工場まるごと、うちで建て替えさせていただけませんか？」

西行寺は新たな提案をした。

「……まるごと建て替えるだと？」

「息子さんの就職先も、失礼でなければうちの系列から紹介致します」

え……と、さらに驚きの表情を浮かべている。

「もちろん、この工場への仕事の発注もお世話致します」

「そ、そんなこと、頼んでねえだろう」

「わかってます。社長がそういう方でないことは重々承知しております。ですが、うちとしても誠意をお示ししないわけにはいかない。御迷惑とは思いますが、少しぐらい格好つけさせていただくわけにはいきませんか」

ふたりのあいだに、沈黙が走った。そして、ついに岡本が口を開いた。

「……そうまで言うなら、好きにしろ」

「ありがとうございます。で、つきましては、防犯カメラに映った事故映像データと事故製品もお渡しいただいて、こちらの件も秘密厳守ということにさせていただきたくですね……こちらの誓約書にサインをいただければと」西行寺は鞄から誓約書とペンを取り出した。「社長とは末永きパートナーでありたいと願っております」

その様子を、かおりは工場の出入り口で見ていた。

西行寺とかおりは、焼けた掃除機と録画データを、コインパーキングに停めたワゴン車に運んだ。

「最低の仕事ね」

かおりは西行寺の背中に言葉を浴びせた。

「金で人の横っ面叩くのがあなたの危機対策なんですか？」

「いやあ、君が謝らないでくれって言ったからさあ」

「何度も言いますが、うちの製品には不備はありません」

「……なぜそう言い切れるんだ？」

西行寺が厳しい口調になる。

「一万ケースものテストでそんな事例はありませんでした」

「君がテストをした訳じゃないだろう？」

「生島さんからそう報告を受けています」

「……なぜ生島社長の報告を信用できる？」

「……え」

かおりの胸に戸惑いと動揺がよぎった。

「ま、この事故製品を調べたらハッキリするさ」

「……わかりました。うちに運んで調べさせます」

「それはダメだ。検査工場はこっちで手配する」

「はあ?」

「君たちが事故を隠蔽しないとも限らない」

かおりに睨み付けられたが、西行寺はニヤリと微笑み返した。


翌朝、神狩家のマンション前にワゴン車が停まった。

その頃マンション内の一室には、海外出張用のトランクが用意されていた。キッチンには朝食が用意されていて、かおりが薬と共にトレイに載せて、母・あかりの寝室へ運んでいくところだった。

「お母さん、できたわよ」

ベッドに横たわるあかりに声をかけて、体を起こしてやる。

「大丈夫? 痛くない?」

「ありがとう。すごいわね、かおりちゃん」

あかりの傍らには、かおりの記事が載ったたくさんの雑誌が置いてある。

「こんなにたくさん雑誌に載って。週末にはアメリカのテレビにも出るんでしょう?」

「どうしても出てくれって言われたからさあ。あ、出張中はヘルパーの田中《たなか》さん呼んでるからね」

これからしばらく、かおりはアメリカだが、いつものヘルパーさんが来てくれる。

「お父さんもきっと喜んでいるわね」

泣き笑いのような顔であかりが雄三《ゆうぞう》の遺影に視線を移したとき、インターホンが鳴った。かおりが立ち上がって通話ボタンを押すと、モニターには西行寺が現れた。

「お迎えにあがりました」

いったいどういうこと？　かおりはモニターに応対し、一階ロビーに向かった。

「町工場の掃除機は、内部から発火したもので、発火を促す細工も見つからなかったよ」

マンション表に停めたワゴン車前に出て行く西行寺に、かおりは不満げに続いた。

「……どこに行く気ですか？」

まったく、わけがわからない。

「あの主婦と決着をつけにね」

「決着？」

「ああ。もう時間がない」

「どうして私まで付き合わなきゃいけ——」

「君はライフパワーの役員だろう？」

あたりまえのことのように西行寺は言うのだが……。

結局また、君原家にやってきた。今日は西行寺の横に、かおりも立っている。

「私どもの誠意です。おあらためください」

西行寺は芝居がかった大仰さで、桐箱を差し出す。蓋を開けて中を見た瞳の表情が、みるみるうちに険しく強張った。そして睨むように西行寺を見た。

「これで足りなければ御意向に沿うよう努力致しますので、事故の件は何卒御内密にお願い致します」

「この通りです」

三人はじっと黙り込んだ。

沈黙を破って深々と頭を下げたのは西行寺で、かおりはどうしたらいいのか困惑していたが、仕方がないので曖昧に頭を下げてみる。

「……で、どうすればいいの？」

尋ねてきた瞳に、

「こちらの誓約書にサインをいただければと」

西行寺はそつのない身ぶりで誓約書とペンを渡した。瞳はサインをして西行寺に返す。

「ありがとうございます」

西行寺は、君原家から運んだ焼け焦げた掃除機を、ワゴン車に積み込んだ。

「一件落着だな」

「何が一件落着ですか。お金渡したんですよね。そんなことしてつけ込まれたらキリがないじゃないですか」

かおりは心から西行寺を軽蔑していた。

「大丈夫だ。こっちの気持ちは充分伝わった」

「本当にそうでしょうか」

「覚えといた方がいい。謝罪で肝心なのはいかに誠意が相手に伝わるかだ。君が謝るときの参考になると思うよ」

「私が謝る？　そんなのありえない」は？　とかおりは冷めたい目で西行寺を見る。

「謝るのはヘマをした人間ですよね？　私は謝るようなヘマはしません。謝らなくて済むようにあらゆる準備をして来たから、大きなチャンスを摑んだんです」

「いないよ。ヘマをしない人間なんてどこにもいない。どんなに気をつけたって危機は訪れる」西行寺は耐久テストの資料を見せた。「インド工場から取り寄せた自走式掃除機の耐久テストの資料だ。一万回行われたはずが三千回分のデータしかない。生島社長はテスト結果を偽っていたのかもしれない」

　意味深に微笑んだ西行寺を、かおりは不愉快そうに睨み返した。

　東日本電装研究所のテスト室、ガラス張りの部屋には、たくさんの粉塵が舞っていた。室温計が四十五度、湿度計が九十八％を示している。

　白衣姿の結城実《ゆうきみのる》は、そこでＬＩＦＥの自走式掃除機を作動させていた。西行寺とかおりは、その実験をガラス越しに見ている。

「発火事故があった町工場と同じ高温多湿状態を再現しています。製品に不備がなければ何も起こらないはずです」

　結城は言った。かおりよりいくつか年上の結城は、いかにも理系の雰囲気の男だ。

「……バカバカしい……何も起こるはずない」

　かおりは、結城に対してそう言い切った。

「そう言い切れるかな。生島社長が光星エレクトロニクスに先を越されまいと、発売を焦ったのかもしれないよ」

　と、西行寺が差し出したのは『光星エレクトロニクス　米マウント社と提携か？次世代バッテリー製品化で。発売前倒しか？』という半年ほど前の新聞記事だ。かおりはとりあえず動揺を隠す。

と、掃除機に粉塵がぐんぐん集まり始めた。集まった粉塵は、やがて火花を散らし始める。そして、掃除機は発火炎上した。

「まずいね。不備が証明されちゃったよ」

「普通には想定し難い環境ですが、このところの猛暑で異常な高温多湿状態が生まれてしまったんです。その結果、バッテリーがショートして発熱し、粉塵に引火してしまったようです」

西行寺と結城の言葉に、かおりは激しく動揺し、テスト室を即座に離れた。

かおりは深夜、生島電機調布研究所に来ていた。LIFEの製品テストデータを、必死の形相で懸命に調べ続けていて、何かに気付いた。そして、携帯で呼びつけた所長と、パソコンデータを見ていった。所長は何かを見つけ、かおりはそのデータに愕然と見入って……。

翌朝、かおりは生島とともに、ライフパワー社の社長室前の廊下を歩いていた。この日はワインカラーのブラウスに白いスーツ姿が決まっているが、表情は険しい。

「検証テストで発火が起きただと!?」

「しかも、インド工場には三千回分のテストデータしかなく、耐久テストの回数も虚偽報告ではと疑われています」

「……そんなはずはない！」

いかにも質のいい紺のスーツ姿の生島も、明らかに動揺していた。

「ええ。たしかにインド工場のデータの他に、技術責任者が七千回に及ぶテストデータを保管していました」

「ほらみろ。テストデータの報告に嘘はない」

「……それが……そうとも言い切れません」

「……どういうことだ？」

尋ねてくる生島に、かおりは一月六日のテストデータを差し出す。

「七千十二回目のテストで発火炎上事故が起きていました」

「なんだって⁉」

「どういうことですかこれは？」

かおりは生島を問い詰めた。

「わ、わからない。いったい何が」

「生島さんにも報告が上がっていなかったんですか？」

かおりに問い詰められ、生島は愕然とデータに見入っている。

と、社長室のドアの前に、西行寺が立っていた。かおりが驚いて振り返る。

「おはようございます」

西行寺が生島に頭を下げる。

「……なんだ君は？」

生島はすっかり混乱していた。

「この重大なテスト結果が社長に報告されないとは、ずいぶんずさんな危機管理ですねえ。生島電機創業家の御子息の立場もあったもんじゃない」

西行寺は社長室内でテストデータを掲げた。

「……お恥ずかしいかぎりです。組織が新しすぎて伝達系統が不明瞭だったということです」

「……そういうことにしておきましょうか」そして、西行寺は生島を見た。「で、テストでの発火原因はなんだったんですか？」

「技術責任者によると、バッテリーとの接合部がＬＩＦＥの高熱に耐えられなかったのが原因で、接合部品の材質を改良することで改善されたとのことです。以降、三千回のテストでは発火事故は起きていないとのことでした」

答えたのは、かおりだ。

「なのに、立て続けに二件もの事故が起きた。どうしてですかね」

「改良前の古い部品が、製造工程で紛れ込んでしまった可能性が考えられます」

生島が言う。

「どっちにしても、製品に不備はあったということですよね」西行寺はすかさず言った。「明日にも、謝罪会見を開いてリコールを発表しましょう」

「……リコール？」

かおりは眉をしかめる。

「無料の部品交換修理で済めばいいが、それで解決がつかない場合は――」

西行寺が言いかけたのを、かおりが待ってください、と遮った。

「それじゃ今後の事業計画を大幅に変更しなくてはなりません」

「それどころか、生島電機の株価も暴落して巨額の損失を生んでしまう」

「そもそも想定外の猛暑で偶然起きた事故です。異常気象は昨日で終わったってニュースで言ってました。きっと事故だってもう起きないはずです」

「ほかに方法はないんですか？」

かおりと生島がふたりで必死に言う。

「あなた方は人命よりもお金を優先するとおっしゃるんですか？　ことの重大さに気付いてください。発火事故は大きな火災に繫がる可能性があるんです。ＬＩＦＥ製品が、世界中の人々の命を奪う凶器になりうるんです」西行寺はさらに続けた。「そんな事故が起きてしまったら、ＬＩＦＥは世界中の企業から相手にされなくなります。

ライフパワー社を創ったサンライズ物産と生島電機の信用だって地に落ちる。それがどういうことかわかってるんですか？　会社が傾けば、何万人ものグループ社員とその家族達の生活が、脅かされることになるんです。それを不備はないとか言いがかりとか、都合のいい希望的憶測にすがってあなたたちが対応を遅らせたせいで、もうギリギリのところまで追い込まれてしまっているんです」

西行寺の言葉を、かおりと生島はただじっと聞いていた。そこに西行寺は尚も畳みかけた。

「あなたたちに残された道はひとつしかありません。事故製品を徹底的に検査して、世界にその原因を詳《つまび》らかにすることです」

「……わかった」

生島はがっくりとうなだれた。いや、うなだれたように見えた。

「……生島さん」

かおりも絶句する。

「……済まなかった……すべては僕の管理の甘さが原因だ」

「……ＬＩＦＥ事業はどうなるんですか」

「僕は君との約束を忘れていないよ。ＬＩＦＥは世界に新たな豊かさを生み出す革命的な事業だ。何があっても成し遂げたい」

まだそのような希望的観測を口にするのだが……。

その夜、サンライズ物産の危機対策室に白衣姿の結城が入ってきた。財部がご苦労様、と声をかける。

「事故製品の部品検査が終わりました」

結城の声に、待っていた西行寺とかおりが振り返った。

「接合部は改良後の正規の部品でした。それでもバッテリーは発火しました。根本的にバッテリーに問題があって、改良後の三千回のテストでは不充分だったと考えられます。LIFE側の技術責任者もそれを認めています」

「……つまり、部品交換修理では解決しないと？」

財部が尋ねる。

「はい。LIFEは欠陥商品と言わざるを得ません」

「全品回収、コンプリートリコールだ」

西行寺の言葉に、かおりはただただ絶望し、震えてしまう。そして、ふらふらと歩き出した。

「……どこへ行く？」

西行寺が尋ねたが、かおりはうつろだ。

「今から謝罪会見の準備だ。当然、生島社長にも参加してもらうことになる」

かおりは無言のまま、ドアの近くの椅子に座り込んでしまった。

「……神狩さん、どうなるんですかね」

財部が西行寺に小声で尋ねた。

「一千億が無駄になるなら、俺なら迷わずクビにする。君ほどのやり手なら、この会社を離れたって、いくらでもやってけるだろうさ」

「……わかってないですね。そんな甘いもんじゃない。サンライズ物産の看板があるから大きな仕事ができるんです。会社を離れたらどこにも相手にされなくなる。惨めなもんです」

かおりは言った。

「まるで見て来たような言い方だな」

西行寺はかおりに言った。

あれは十二年前、かおりが高校三年生の頃……。

「申し訳ありません。小さな会社とは取引したくないというお気持ちもわかりますが、ゼネコン時代におたくの会社の為にどれだけ頑張ってきたかも、思い出してくださいよ。お願いします。この仕事をなんとか回していただけませんか」

かおりの父、雄三は、家で電話をかけていた。電話の相手に顔が見えるわけでもないのに何度も何度も、必死で頭を下げていたのだが、電話は既に切られていた。

「……クビになったら恩を仇で返すのかよ」

雄三の手から、脱力したように受話器が床に落下した。

「お父さん、大丈夫？」

かおりは雄三に声をかけた。雄三を心配しながら、奥のソファに横たわる病気のあかりも気にかかる。「心配するな。ちゃんといろいろ考えてある。このマンションさえあればなんとかやってける。母さんのこと、頼んだぞ」

雄三は家を出て行った。その次に会ったとき、雄三の目はもう開いてはいなかった。記憶の父は、遺影の中で力なく笑っていて、かおりとあかりは無言で向かい合っていて……。

哀しくて、悔しくて、辛い。もうあんな思いなど絶対にしたくない。

「それにしても生島さん遅いなあ」

西行寺の言葉に、かおりははっとした。十二年前、父が二度と帰ってこなかったときの不安がよぎる。と、そのとき、電話が鳴り、財部が出た。

「……はい……承知致しました」

電話を切り、かおりと西行寺に向き直る。

「坂手社長がお呼びです」

かおりの表情が強張った。


社長室の坂手は、自分の席に座り、じっと険しい表情を浮かべていた。松波電機部長は坂手の顔色を窺うように、傍らに立っている。

「坂手社長、神狩かおりさんをお連れしました」

西行寺が社長室をノックし、かおりは緊張の面持ちで「失礼します」と入っていく。

「この度は、たいへんな御迷惑をおかけ致しました」

かおりは即座に頭を下げた。

「私からもお詫びさせていただきます。本当に申し訳ありませんでした」

松波も続いて深々と頭を下げる。

「今回の件はライフパワー社のみならず、サンライズ物産の屋台骨も揺るがしかねない不祥事です。私としてはライフパワーが行った隠蔽行為は解雇処分が妥当だと思っています」坂手はかおりを見上げて言った。「だが、君のような人材を失うのは忍びない。君に、社に残るチャンスを与えたいと考えています。ついては不祥事の全責任を、君に背負って欲しい」

「……全責任、ですか？」

頭の中を、さまざまな思いが駆け巡る。

「君は商品開発担当役員だ。テストの偽装報告を鵜呑みにして発売を決めたのも君自身だ」

「……ですが、それは、生島社長が――」

「生島電機は我が社の大切な取引相手です。生島君には入院してもらいました。創業者一族の顔を潰すわけにはいきませんからね。君がすべての責任を背負えば、生島電機との関係は守られる。ライフパワーの役員を辞任するという決着にして、君のサンライズ物産社員としての立場は守る」

「……もしも、私がそれを拒んだら？」

かおりは尋ねた。

「我が社と年間売上一兆円の生島電機の関係は終わる。それが我が社や社員たちにどんな影響を及ぼすか、想像してみて欲しい」

「……少しだけ、時間をいただけますか」

かおりと坂手の会話が行われている間、西行寺はじっと、窓から夜の景色を眺めていた。

「……どうしたんだよこんな時間に」

かおりは原田の車の助手席にいた。

「……何かあったのか？」

「……清志……この間さ、言ってくれたじゃない」

運転席の原田と向かい合いながら、かおりはぽつり、ぽつり、と、口を開く。

「……え？」

「……私と結婚しようって」

社内ではほとんど知られていないが、かおりと原田は数年前からつきあっている。

「……あっさり断られたけどね」原田はフッと笑った。「急にどうした？　仕事が楽しいから結婚はまだまだ先だって言ったのはかおりだろう？　俺は、かおりが本気で頑張ってるのもわかってたから、仕方ないって……」

「……あのときは……ゴメンなさい……でも今……私……」

かおりは原田に顔を寄せ、じっと見つめると、自分から唇を重ねた。

「……どうしたんだよいったい？」

驚いた原田は、かおりのからだをそっと離した。

「……結婚して欲しいの」

かおりの言葉に、原田はしばらく考え、そして言った。

「……俺はさ、何があったってずっとかおりの味方だよ。そんなこと、わかってるだろう」

「……ありがとう」

結局……原田は焦って結婚しようとしているかおりの思いなど、お見通しの様子だった。

ライフパワー社のロビーには、製品紹介パネルや企業広告、記者発表でのかおりや生島の写真が展示されたままだ。かおりは、しばらく見詰めていたが、吹っ切るように、歩き去ろうとした。

「どこへ行くんだ？」

と、目の前に西行寺が立ちはだかっていた。

「……どいてください。家に帰ります」

「それは困る。君には謝罪会見の練習をしてもらわなきゃいけない。正しい謝罪の言葉遣いや目線、頭を下げるときの腰を曲げる角度。相応《ふさわ》しい服装と着こなしもね」

と、改めて、例の地味なスーツを差し出した。

「クビにしてください。坂手社長にそう伝えてください」

かおりはさっさと帰ろうとしたが――。

「薬品部主任の原田君もずいぶん有望な若手らしいじゃないか。退職して、彼の妻にでも納まる気かい？　それとも彼は君の保険ってことで、もっと大物を狙っているのかな」

「……私のこと、ずっとつけてたんですか？」

かおりは立ち止まり、西行寺をきつく睨み付けた。

西行寺とかおりは危機対策室にやってきた。ドアを開けると、また違う男性社員がいる。

「紹介するよ。種子島《たねがしま》君だ」

西行寺がかおりにその社員を紹介した。西行寺のいくつか年下という感じだが……。

「やあ」

振り返った男を見て、かおりは絶句した。記者発表の時、会見場でかおりを凝視していたあの、いかにもクセの強そうな男だ。

「もしかして商品発表のときから、この事態を予測していたんですか？」

かおりは種子島に尋ねた。

「いやいや、発火事故はまったくの予想外。我々が対応していたのは生島家のトラブルだ」

そうは言っているが、かおりは半信半疑——いや、完全に疑っている。

「君がライフパワーの商品開発担当役員に名を連ねたのは生島社長の強い要望だって聞いたからさ。若すぎるからと反対したサンライズの坂手社長を、有能だからと押し切った。当然、君と生島社長との不適切な関係が疑われる」

「……私、生島さんとは何もありません」

かおりは不快な顔で言った。

「仕事の為ならどんなことでもするんだってね。火のない所に煙は立たない」

種子島はタブレットパソコンで画像を再生した。そこには、生島とかおりが半年前、インドのホテルの部屋へ入って行く映像が映っていた。

「……どうしてこんな画像が」

「買ったんだよ。君たちが宿泊したインドのホテルからね」

かおりはわなわなと震える思いだった。

「まあ、ずいぶんふっかけられたなあ」

「ちょっと待ってください。ホテルの部屋に一緒に入っただけじゃないですか。私たちはそこで仕事の話をしただけなんです。開発担当役員就任を要請されて、LIFEに賭ける夢や理想を語り合ったんです。疑うなら裸で抱き合ってる画像でも出してみてくださいよ！」

ムキになって言い張ったが……。

「悪いけど、充分なんだよこれで。この画像を公表すれば、世間は君たちの関係を疑う。この一週間後に、君の役員就任が決まったんだ。君の彼氏だって、生島社長の奥さんだって、君たちがどう否定しようが疑念は消せない。寝てようが寝てまいが関係ないんだよ」

そんなこと関係ない。結局はそういうことだと、種子島は言った。

「そもそも、君が役員に抜擢された時点で、ふたつの疑念が生まれていた。ひとつは生島社長と不適切な関係にある可能性、そしてもうひとつはＬＩＦＥに関する不都合な秘密を君たちが共有していた可能性だ」

西行寺もそう言った。

「……私は、何も知らなかった――」

「ああ。君はね」

「……生島さんだって、さっき知ったって――」

「だが、七千回目のテストで発火事故が起きたのは、このホテルで君と生島社長が密会するわずか二日前のことだった」西行寺のその言葉に、かおりは目を見開いて驚いていた。「そしてこのときを境に、あれほどマスコミに露出していた生島社長はすっかり息をひそめて、君がＬＩＦＥの象徴として表舞台に出るようになった。ひょっとすると、生島社長は、すべてを承知した上で、今回のような事態に備えて、君を役員に押し込んだのかもしれないよ。すべての責任を負わせるためにね」

西行寺の話を聞いて、かおりは愕然としていた。

「言ったろう？　どんなに気をつけたって危機は訪れる。たしかに君の仕事はほとんど完璧だった。けど、たったひとつだけミスを犯した。生島社長を信じるというミスをね」

かおりは、ぐっと言葉に詰まった。

「そのせいで君は、深い落とし穴にはまってしまったんだよ」

西行寺の言葉に、種子島もかおりもさらに黙り込む。

「しかし、ひとつだけ、そこから抜け出せる方法がある」

そう言った西行寺の顔を、かおりは悔しげに見た。

「謝ればいいんだよ。誠意が伝わるように、たくさんの記者やカメラの前で、できるだけ不様に惨めに頭を下げるんだ。もし君が謝罪会見を断るなら、私の立場上、これを見せて彼氏との結婚は潰すよ」

西行寺は、かおりと生島の写真をチラリと見せた。

「……今さら会社に残ったって……ＬＩＦＥ事業が潰れるなら、私に何が残るの？」

「いや、ＬＩＦＥはなくならないよ。潰さない為に俺たちが動いてたんじゃないか」

種子島の言葉に、かおりは、え？　と、顔を見た。

「あれだけの設備投資をしたんだ。坂手社長は死に物狂いで巻き返そうとするだろう。これからは光星エレクトロニクスとの厳しい開発競争になるだろうがね」

西行寺が言う。

「だとしても、私は――」

「おそらく降格人事は免れない。プライドの高い君としてはしばらく辛い時間が続くだろう。けど、どうしようもないんだよ。危機に直面した以上、無傷ではいられない。地位、仕事、家族、恋人、名誉、プライド……すべてを守ろうとしたら何も守れない。君が絶対に守りたいものはなんなのか。今こそ考えるべきだ」西行寺はきっぱりと言った。「そうすれば本当の自分と向き合うことができる。それを乗り越えたら新しい世界が待っている。危機こそがチャンスなんだよ」

西行寺は改めてかおりにスーツを差し出した。かおりは険しい顔で歩み寄り、手からスーツを奪い取った。

翌朝、『ＬＩＦＥ』の謝罪会見場には大勢の記者たちが集まっていた。舞台袖では、その様子を財部が見ている。そして、西行寺に付き添われた地味なスーツ姿のかおりがいた。

「わかってるな。君の態度のひとつひとつが、会社の運命を左右する」

西行寺は言った。かおりは屈辱を胸に、くちびるを嚙みしめていた。

「君がしくじれば、ライフパワー社はおろか、サンライズ物産の評判も地に落ちて、たくさんの社員がリストラの対象にされる事態もありうる。うちの社員が、君のお父さんと同じ状況になるかどうかの瀬戸際だ」

西行寺の言葉に、かおりは目を見開いた。

「……どうしてそれを？」

「お父さんを救うつもりでやってこい」

自分のことを調べつくしているのだろうか。かおりは動揺していた。

「心配するな。ちゃんといろいろ考えてある。このマンションさえあればなんとかやってける。母さんのこと、頼んだぞ」

そして、家を出て行き……雄三は二度と帰っては来なかった。

玄関を出て行った雄三の背中を思いながら、かおりは壇上に上がった。

カシャカシャカシャカシャ。

フラッシュが眩しいほどに焚かれる中、かおりはからだをふたつに折るようにして、一礼した。

「社長の生島は心労が重なって入院致しましたので、本日は開発担当役員の私が、経緯を説明させていただきます」

記者団のフラッシュがさらに激しく注がれる。

「この事故は、異常な高温多湿状態に粉塵等の空気中浮遊物が多数存在するという特殊な条件が重なって起きたものですが、あらゆる危険性を考慮して、すべての商品を回収して返金させていただくという決断を致しました」

舞台袖から、西行寺と財部がじっと見守っている。

「製品不良の原因はテストが不充分だったにもかかわらず、発売を決定したことにあり、その責任は……その責任のすべては……」

言葉につまるかおりにさらに激しいフラッシュが注がれた。

「すべての責任は、商品開発担当役員である私にあります」

かおりの眼から、涙がひとしずく流れ――フラッシュは注がれ続けた。

「私が商品化を焦ったのがすべての原因です。製品テストの不備を知りながら発売を決定したのも私でした。私以外の関係者に一切の非はございません」

その頃、社長室では坂手と松波ほか取り巻きたちが、かおりの記者会見を見ていた。

「この責任を取って私はライフパワー社の役員を辞任致します」

会議室でテレビ中継を見ていた原田と由香が、え、と言葉を詰まらせる。

「しかし、LIFEが世界の未来を豊かに創造する夢の製品であることは、今も変わりません」

「この場をお借りして、全世界の消費者の皆さんとすべての関係各位に対し、最大限の努力を重ねて、LIFE事業を継続発展させていく決意を述べさせていただくと同時に」

専務室では出張から戻った白川と逢沢がテレビ中継を見ていた。

「心よりのお詫びを申し上げます」

「本当に申し訳ありませんでした」

かおりは涙を浮かべながら、丁寧に頭を下げた。フラッシュはいまだに注がれ続けている。

「グッときましたねえ。あの涙はいい味出してます」

財部が、舞台袖の西行寺に囁いたが、

「俺が用意した原稿が良かったんだよ」

西行寺のその声も、フラッシュの音にかき消されていた。

翌日、出勤したかおりはロビーに入ってきた。けれど、すぐさま社内の好奇の目が注がれる。どうにか耐えてエレベーターへ乗り込むと、そこには松波が乗っていた。

「御苦労だったな」

「なんとかＬＩＦＥ事業を未来に繋げられたと思います。私も、ゼロから始める気持ちで取り組みたいと――」

「いや、君はほかの部署に異動してもらうことになった。ＬＩＦＥは僕が責任をもって成功させるから安心してくれ」

松波はすでに、元・上司になってしまったようだった。


エレベーターホールの掲示板には、松波部長のライフパワー社開発担当役員就任と、神狩かおりの降格異動人事が貼り出されていた。

「社長派の松波電機部長が出向して役員だなんて、結局、社長派にＬＩＦＥを奪い取られたってことじゃないですか」

原田は由香とともに、それを実に悔しそうに見ていた。

「それだけじゃないわ。謝罪会見後に、うちと生島電機との間で、ライフパワー社の出資比率が見直されたらしいの」

「出資比率の見直し？」

「五対五だった出資比率が、うちが七割、生島電機が三割に変更された。つまり、ライフパワーの経営主導権をうちが握ったってこと。生島電機に大きな貸しを作ることで、うちは生島電機に大きな貸しを作ることができたってわけ」


「……かおりひとりがバカを見たってことですか」

原田は大きなため息をついた。

「まさか、白川専務が出張中に、こんなことが……」

「結局、LIFEの特許権もうちが手にしたらしい。坂手社長としては笑いが止まらないだろう。西行寺という男には、もっと注意してかからないとな」

白川と逢沢は、廊下を歩いていた。すると反対側から松波ほか取り巻きを引き連れた坂手がやってきた。白川が会釈すると坂手が手を上げて応え……ふたりはすれ違った。

かおりは危機対策室前の廊下を、私物を入れた箱を手に歩いていた。電機部から、危機対策室に引っ越しだ。

「神狩さんは、こちらの机をお使いください」

財部がかおりを案内しはじめると、ドアが開いて、西行寺と種子島が入ってきた。

「ああ、来てたのか」

西行寺に出迎えられたが、かおりはかなり不本意な思いだ。

「じゃあ、改めて紹介しておくか。調査主任の種子島君」

「皮肉だねえ。こないだまで華やかなフラッシュに包まれた君が、こんな部署とは」

西行寺に紹介されると、種子島はどこか愉快そうに言った。

「副室長の財部さん」

「庶務全般は私が担当します」

財部はもうほとんど定年の年だ。

「そして私が室長の――」

「納得できません」

自己紹介しようとする西行寺に、かおりはきっぱりと言い放った。

「そう言わずに頼むよ。うちも人材が必要でね――」

「どうして私なんですか？」

「君は根性もあるし、危機対策も少しは学んだろうし、あんな謝罪ができた君だ。この部署に向いてると思うよ」

かおりは納得できないようだが、

「神狩さんのお陰でLIFEの件も解決したわけですし」

財部もそう言った。

「解決？　無駄な口止め料払って、結局、事故の件も公表させたじゃないですか？」

かおりはさらに主張した。

「無駄じゃないよ。事故が外部から漏れれば企業の信頼は揺らぐが、自ら発表すればむしろ信頼は高まる」

西行寺は言う。

「……でも、あの主婦はまたお金を要求してくるんじゃないですか？」

「大丈夫だ。金と一緒にこの写真も入れておいた」

と、西行寺がかおりに差し出した写真は、瞳と若い男のデート写真だ。

え？　かおりは目を疑った。西行寺が差し出した金の入った箱にあのとき瞳はその写真を見つけて、表情を強張らせたのだ。

「御主人に知られたくない秘密を抱えていたんだよ」

「……いつの間にこんな写真」

「苦労したよ。暑い中、丸一日張り込んだ」

種子島が言う。

「……人の弱みにつけ込んで脅したんですか？」

かおりが呆れたように言ったところに、

「遅くなりました」スーツ姿の結城が入ってきた。「これ、例のバッテリーの検証テストの請求書。結構かかっちゃいまして」

「見事な細工だったらしいですね」

財部は結城から請求書を受け取った。

「メチャクチャ自然に発火してくれて、彼女も完全に騙されてたなあ……あ、いたんだ」

結城はかおりがいることに気づいてはっとした。

「……まさか掃除機が発火するように細工したんですか？」

信じられないといった表情を浮かべるかおりに、結城はにこりと微笑んだ。

「渉外担当の結城君だ」

「どうも、よろしく」

西行寺と結城がかおりに挨拶をする。

「……騙したのね。研究員のフリまでして、私を！」

いかにも理系っぽい神経質そうな雰囲気だなんて思ってしまい、バカみたいだ。

「仕方ないだろう。あのテストデータは、君でなきゃ調べられなかった」

西行寺は言った。

「おかげで、隠蔽されていたテスト中の事故も判明した。商品の全品回収で、第三、第四の事故も未然に防げた」

種子島もうんうん、と、うなずいている。

「君も会社に残れたし、病気のお母さんも養っていける」

西行寺に言われ、

「……なんなのあなたたち」

かおりはわなわなと震えた。

「そのために君は、地位やプライドを捨てたんだろう？」

「どこまで私のこと調べたの⁉ 調べて騙して弱みを握って、それがあなたたちの危機対策ですか？ 本当に最低ね！」

「諦めろよ。今日からここが君の職場だ」

「諦めろ？ ふざけないで！ いい？ 何も諦めてないわよ、私。地位もプライドも栄誉も何も捨ててない。この会社に残れさえすれば、またいつか大きな舞台に復帰できる道が必ずある。こんな部署すぐに抜け出すわ。その為に、私はこの最低の部署で最高の実績をあげてみせる。私なら絶対にやれるの」

「頼もしいねえ。想像以上の逞しさだ。じゃあまず、ここで危機対策をしっかりやってもらおうか」

西行寺は微笑み、かおりのデスクに膨大な資料を置いた。かおりはそれらをじっと見ている。

「リスクマネジメント業務に関する資料だ。一週間以内にすべて頭に叩き込んでおけ。君ならやれるよな」

そして、西行寺は出て行った。

「蕎麦屋ですかねえ」

財部が呑気に言うのを、かおりは悔しそうに聞いていた。


週末、西行寺は静かな波が打ち寄せる浜辺で、関口孝雄《せきぐちたかお》老人を乗せた車椅子を押して歩いていた。関口は半身不随で、固まった表情のまま、何も言葉を発しない。ただ無表情に夕暮れの風を浴びている。

「……あなたが好きだった海です……いい風だ」

西行寺は口を開いたが、関口は固まった表情のまま、ぼおっと風を浴びている。

「変わりませんね何も……あなたは昔から何も話してはくれなかった」

と、関口が口を開けて、声を発しようとした。西行寺は驚いて関口の顔をのぞきこむ。

「……おまえは」

「……話せるんですか？　僕がわかるんですか？」

「……だれだ？」

けれど、関口は何もわかっていないようだった。

「……僕ですよ……お父さん」

けれど、関口からはなんの反応もない。ふたりは無言で海を見詰めていた。

夕陽の海に、波が静かに打ち寄せていた——。

第二話

ピ――ッ。

激しく燃えるコンロの上で、ヤカンの湯が沸騰してけたたましく鳴った。女Aはヤカンから『豊川フーズ　カップマカロニ』に湯を注いでいった。湯気の立つカップマカロニをテーブルに置いた女Aは、マカロニをじっと見詰めた。そこには一本のネジが乗っていた。

別の場所では、男が『豊川フーズ　カップマカロニ』の湯切りをしていた。男はスマホカメラのモニターで、カップマカロニをズームアップしていった。そこには一本のネジが乗っている。ネジ入りカップマカロニは、スマホのカメラにおさまっていた。

カップマカロニを食べながら漫画を読んでいた女Bは、オートシャッターをセットしたカメラをテーブルに置き、カップマカロニの容器を前に微笑んだ。口元からは一筋の血が流れ、てのひらには血染めのネジがあり……。女Bのその姿は、写真におさまった――。

豊川フーズ本社ビルのお客様相談室では、電話が鳴り響いていた。

「豊川フーズお客様相談室でございます」

「ご心配をおかけして申し訳ございません」

「製品管理には万全を期しておりますので」

社員たちは電話対応に追われている。

傍らのパソコンには『警告 豊川フーズに異物混入注意報！』と、ネジ混入カップマカロニ写真の投稿記事が載っていた。

豊川フーズ社長の天野昭雄《あまのあきお》と、総務部長・麻生次郎《あそうじろう》は、ロビーを歩いていた。

「とうとううちも狙われてしまいました」

麻生が渋い顔で言う。

「ようやく経営危機から立ち直ったばかりなんだ。こんなイタズラに邪魔されてたまるか」

険しい顔でそう言った途端、天野は数人の新聞記者たちに囲まれた。

「天野社長。異物混入の件で、よろしいでしょうか？」

「豊川フーズに損害賠償を求める声もあるようですが？」

記者に尋ねられ、

「何が損害賠償だ。うちは被害者なんだ」

天野は苛々と答えた。

「最近この手の嫌がらせがよくあると聞く。購入済み商品に対する返金の準備はありますか？」

「返金にもいっさい応じるつもりはない！」

記者を怒鳴りつけ、天野は歩き去った。


その頃、女Bは、自宅のパソコンに向かってブログを書いていた。

『消費者軽視の豊川フーズ社長が返金に応じないと言いやがった件』

という記事に、カップマカロニと口元の血と血染めネジ写真をアップする。

〝ぶっ潰す……不買運動呼びかけ開始！〟――。

女Bはニヤリと笑った。


『消費者の声広がる。不買運動で豊川フーズの売り上げは10％減』

天野とともに社長室に戻ってきた麻生は、タブレットパソコンのニュースを見て、渋い表情を浮かべた。

「ネットでは、このところの異物混入事件に便乗した愉快犯の仕業だと同情する声もある一方で、わが社への不買運動も盛り上がりを見せています」

そう言った麻生に、

「この件は麻生さん、総務部長のあなたがご担当のはずですが」

天野は社長席で苛々と言った。

「しかしまず、天野社長から安全性を説明する会見を――」

「被害者の私がなぜそんなことをしなければならない？」

天野はあくまでも豊川フーズに落ち度はないといったスタンスだ。

「しかし売上にも影響が出ていますし、何もしないわけには――」

「どうしてもと言うなら君がやりたまえ。私にはもっと重要な仕事がある」

天野は席を立ち、社長室を出て行ってしまった。


「何してるの神狩さん？」

かおりが図書資料室で英書の危機対策本を読んでいると、由香が声をかけてきた。

「……あ、橘さん」

と、その後ろから原田が危機対策本を一冊手にして現れた。

「……清志もいたんだ」

「白川専務との勉強会が終わった後でさ」

「そういえばかおり、今日来てなかったわね」

原田と由香に言われ、なんとなく気まずいかおりだが……。

「異動したばっかりだもんな、白川専務も心配してたよ」

原田は取り繕うように言った。

「大丈夫なの？　危機対策室」

由香が尋ねてくる。

「問題ないですよ。橘さんも何かあったら私に相談してください」

強がって、言ってみる。

「……ありがとう」由香は時計を見た。「あ、私、行かなきゃ。広報部の全体会議なの」

由香が去って行ってしまった後、原田は心配そうにかおりを見ている。

「……何？」

「無理すんなよ。何かあったらちゃんと言ってくれよ。なんでも力になるからさ」

「……私たち、最近、あんまり会えてないね」

「ここんとこいろいろ忙しくてさ。出張から戻ったらメシでも行こう。話したいこともある」

な？　と言って、原田も図書資料室を出て行ってしまった。恋人と会えない寂しさというよりも、かつての仲間からひとり取り残された孤独感に支配された。

でも……。かおりは、どうにかその思いを振り切るように椅子から立ち上がった。

すると、そんなかおりを窓の外から西行寺が覗いていた。

「……いつからいたんですか？」

「……行くぞ。豊川フーズが緊急会見をするらしい」

西行寺は、警戒したかおりに声をかけた。

「異物混入は食品メーカーにとって重大な危機です。今年だけでも対応を誤った五社が赤字に転落しています」

廊下を歩きながらかおりが話していると、西行寺がフンと鼻で笑った。

「なんですか？」

「いや、意外と真面目に調べてるなあってね」

「仕事ですから。危機対策は初動が一番大切なんですよね」

「……そんな簡単なもんじゃない」

皮肉っぽく笑っていた西行寺は、真面目な顔になって言った。

天野はサンライズ物産の社長室にやってきて、地図や図表を前に話していた。

「以上が私が提案するバイオマスエナジー開発に向けた穀物プロジェクトの大枠で

す」

説明を終えた天野がサンライズ物産社長・坂手に言う。

「悪くないプランだ。検討してみよう」

「ありがとうございます」

「ところで異物混入騒動は大丈夫かね」

坂手が尋ねたが、天野は頑として言った。

「混入はありえません。豊川フーズは完全な被害者です」

「君につまずいてもらっては私としても困る。うちの危機対策室から専門家を派遣するから、うまく対応して欲しい」

「社長にそこまでお気遣いいただき、恐縮のかぎりです」

「うちの役員改選も近いからね」

坂手に言われ、天野は昂揚した表情でうなずいた。


関東食品会館の会議室では、集まった記者やカメラを前に、麻生が挨拶をしていた。

「この度の異物混入騒動で、たいへんなご迷惑、ご心配をおかけ致しましたことを、心よりお詫びさせていただきます」

丁寧に頭を下げた麻生部長に、フラッシュが注がれる。西行寺とかおりは会場の一角で、その様子を見ていた。

「しかし、お配りした資料にある通り、経営再建途上にあっても我が社は食品の信頼の根幹である衛生設備への投資は惜しみませんでした。製品の安全は万全です」

バシャバシャとフラッシュが焚かれている麻生の会見を見ながら、

「どう思う？　謝罪会見の経験者として」

西行寺がかおりに尋ねる。

「……頑張ってるんじゃないですか。誠実そうで好感も持てます」

「あれを天野社長がやっていればな」西行寺の意見はもっともだ。「失言したトップの不在は記者の心証を悪くしている」

「天野社長に責任はないとの認識でしょうか？」

記者もそのように尋ねた。

「そうは言ってません。経営の最高責任者は社長の天野です」

「異物混入は社の経営に影響しないとの認識ですか？」

「そうも言っておりません」

麻生は声を強めたが、それ以上の言葉はない。

「返金にはいっさい応じないという社長発言もありましたが、消費者軽視の姿勢と捉えてよろしいですよね？」

ふたたび、質問が始まった。

「それは製品管理への自信から出た発言だとご理解ください」

「もし製造過程での混入があった場合は、社長が引責辞任するという事でよろしいでしょうか？」

「……それは、私がお答えすることではありません」

「答えられないなら社長を連れて来てください」

「私がこの件の責任者ですので」

麻生の声が震えだした。しだいにからだも小刻みに震えてきている。

「なら答えてください。社長はやめるのか居座るのか」

記者に責められ、麻生は冷静さを失っていった。足の貧乏揺すりがカタカタと激しくなり、手は悔しそうに強くペンを握りしめている。

「ああいう動きは余計な疑念を抱かれる。カメラも見逃さない」

西行寺が言うように、麻生の様子は、カメラにアップで捉えられている。

「追及されたくないことがあるから社長はいないんですよね？」

「そのようなことはいっさいありません」

「本当は製造過程でネジの混入があったんじゃないですか？」

「それはないと言ってるだろうが！」

麻生がムキになって声を荒らげた瞬間に、無数のフラッシュが注がれた。

「会見は失敗だ。報道は麻生部長の狼狽の様子だけを切り取って面白おかしく垂れ流すだろう」

西行寺は冷めた口調で言った。


午後、豊川フーズ営業部ではスーパーや小売店からの電話音が鳴り響いていた。

「カップマカロニの取扱い中止って、待ってくださいよ！」

「一年間は、お取扱いいただくお約束でしたよね」

「お願いします、すぐにそちらへ伺いますので」

社員たちは立ち上がり、汗だくになって電話対応をしたが、どうやっても無駄だ。

社長室のテレビでは、午後のニュースで麻生の記者会見が放送されていた。

『豊川フーズ　社長不在の灰色会見　異物混入の疑念晴れず』のテロップが流れ、麻生の貧乏揺すりとペンを握りしめる手が映されている。

『本当は製造過程でネジの混入があったんじゃないですか？』

記者の質問が飛び、

『それはないと言ってるだろうが！』

麻生が怒鳴り声を上げた瞬間、天野が怒りの目でリモコンを切った。

「小売店から安全確認の電話が殺到してるらしいですね。丸吉ストアは取引中止を通告して来ました」

麻生はがっくりと俯いている。

「君たちが潰しかけた会社を、私がせっかく立て直したのに、それを君はまた潰すんですか？」

そうなのだ、まさにそうだからこそ麻生は天野に頭が上がらないというのに……。

と、そこに、ノックの音が聞こえた。

「ああ、入りたまえ」

天野が声をかけると「失礼します」と男女の社員がふたり、入ってきた。

「……あなたたちは？」

麻生が尋ねた。

「サンライズ物産危機対策室の西行寺です」

「神狩です」

「坂手社長よりこの件に対応するよう言われています」

西行寺が言う。

「なんとかしてくれよ西行寺君。株価にまで影響が出ている」

「どうか何とぞよろしくお願いします」

天野は頼み込み、麻生は深く頭を下げた。

「返金には応じないという天野社長の失言と、先ほどの麻生部長の会見、あなた達は既に二度の大きな失敗をしています。残された選択肢は限られています」危機対策室室長・西行寺は毅然と言った。「まずは信頼回復の為に思い切った対応が必要です。騒動に対する謝罪広告や新たな安全包装の検討を――」

「被害者のうちがなぜそこまでするんだ？」

天野は実に不愉快そうに遮った。

「危機対策の専門家なら、ほかのやり方を考えてくれ」

麻生も言った。

「では豊川フーズが被害者かどうか、異物混入の可能性を調査しましょう。その結果次第では、出荷停止や商品回収措置を含めた対策も――」

「それもダメだ」天野はさらに言った。「売れ筋のカップマカロニの出荷が止まればまた赤字に転落する。その間に小売店や消費者が他社製品に乗り替えたら目も当てられない。身を切る思いで経費削減に取り組んだ今までの苦労が水の泡になる」

「天野社長、わかってますか？　あなた方は初期対応で完全にミスを犯しました。豊川フーズは既に大きな危機にあります。危機に直面した以上、無傷ではいられません。

対応を誤れば、会社の死にも繋がりますよ」

西行寺は呆れて言った。

「それをなんとかするのが君たちの仕事だろう?」天野はあくまでも主張した。「売上げも信頼も損なわない解決策を考えてくれ」

「どうかお願いします。経営危機は二度とご免です」

天野は実に偉そうに、麻生は汗だくになりながら、西行寺たちに依頼した。


危機対策室に帰った西行寺は、さっそく豊川フーズについてレクチャーを受けた。

「豊川フーズは、旧態依然の経営体質が災いして、三年前に経営危機に陥りました」

財部はボードの説明図に、天野と麻生の写真を貼っていく。

「それを我が社が二十億円分の株式を引き受けることで傘下に収め、サンライズ物産食品部から天野さんが出向して新社長に就任。旧経営陣からはたったひとり、王子工場の麻生工場長が、総務部長として本社に残りました。以上です」

「天野社長は、人員や経費の削減、商品の絞り込みなど、徹底的なリストラで経営のスリム化を実現し、会社を再建しました」

かおりが話すのを種子島と結城が感心したような顔で聞いている。

「サンライズ食品部時代のルートでロシア産小麦を安い原価で大量に買い付け、マカロニ、ラーメン、うどん、パン等の小麦製品に特化したことも再建成功の要因です」

かおりの説明を財部も、戸惑いと驚きで見ている。

「……何か？」

「いえ、補足説明、実に助かります」

「仕事ですから」

当然のことのように言うかおりを、西行寺は無言で見ていた。

「で、どう動くつもりだ？　株価は15％も下落したぞ」

種子島が尋ねる。

「まずは実際に異物混入があったかどうかを検証したい」

西行寺は言った。

「あったとすれば製造過程か、配送や小売の段階か、消費者の購入後か」

「故意なのか事故なのか、その特定も必要になるな」

結城と種子島がうなずきあう。

「ネットの投稿者はみな匿名ですし、どこから手をつけますかねえ」

財部が言った。

「結城君は投稿写真から製品の製造番号の解析を、財部さんは私と社内事情の調査を、種子島君は豊川フーズに恨みを持つ人間はいないかの調査を頼む」

西行寺は最後にかおりを見た。ほかの面々の視線もかおりに集まる。

「……一部のネット投稿者が購入した店名を挙げていますので、サンライズ系列のコンビニを探ってみます」

自らやることを決めてかおりが立ち上がるや、財部、結城、種子島も立ち上がった。

「時間との戦いだ。三度目の失敗は許されない」

西行寺の言葉に弾かれるように、みんなは部屋を出て行った。


コンビニに行って店員と売場の防犯映像をチェックしたり、売場でカップマカロニを手にして見たものの、結局、かおりには何もわからなかった。

西行寺と財部は危機対策室に残って膨大な資料の束を読みあさり、結城は、ネットの『警告　豊川フーズに異物混入注意報！』記事の、カップマカロニ容器の写真を拡大解析していた。処理を加えて行くと製造番号が鮮明化されていく。するとしだいに、結城は昂揚していった。製品番号をメモし、パソコン入力して製造年月日と製造工場の検索をかけていく。


「お疲れ様です」

かおりは危機対策室に戻ってきた。

「何かわかりましたか?」

財部が尋ねてくるが、かおりは、いえ、と首を振った。

「コンビニの防犯映像では、異物の混入や商品のすり替えがあったとしても、なかなか確認は難しいですね」

「got it!」

するとそこに結城がやってきた。みんながぱっと顔を上げる。

「異物混入でネットに投稿されたカップマカロニは、今年七月一日、豊川フーズ王子工場で製造された製品だよ」

翌日、西行寺とかおり、そして麻生は、三人で王子工場にやってきた。工場の周囲には、古びた社宅が並んでいる。

「王子工場の従業員は二百名くらいですかね。そのうち半分はそこの社宅から通ってますよ」

麻生が説明したところに、警備部員の和田《わだ》慎一《しんいち》がやってきた。

「麻生部長。ご苦労様です」

「……ああ、和田君」

麻生は気まずそうに目を逸らした。

「ゲスト用の入構証です。どうぞ」

和田は西行寺とかおりに入構証を渡す。西行寺は受け取りながら、和田と麻生の表情を観察していた。


消毒済作業服を着て、クリーンルームを進んでいく。

「うちのシステムは、いかなる部外者の侵入も防ぎます。虫だって入れません」

麻生は言った。扉奥の通路は、消毒液が噴霧されている。

「この工場で作っているのは全て当社の主力であるマカロニ関連の製品です」

室内の大きな機械では、小麦粉が練られていた。そこから様々なラインへと流れていく。そして伸ばしや切断の工程を経て、様々なマカロニになっていった。さらに、様々な材料と混ぜ合わされていく。茹で、焼き、揚げなどの作業を経る。パッケージされた様々な製品が、別室へ流れて行く。

「万が一、製造過程で金属類が混入したとしても、探知機が反応します」

和田君、と、麻生が促した。和田がはい、と返事をして、製品のひとつに鍵を乗せた。それが探知機を通過した途端、警報が鳴り響いて、ラインが停止した——。

「すみません。狭っ苦しいところで」

工場の帰り、西行寺とかおりは麻生家にやってきた。麻生の家は社員住宅だ。

「本社の部長さんなのに、ここの社宅なんですね」

かおりはベランダの窓から社宅や工場を眺めていた。

「以前はここの工場長でしたから。家族と慎ましく暮らすには充分です」と言いながら、麻生は湯気の立つカップマカロニをテーブルに置いた。「せっかくですから食べてみてくださいよ。うちの製品です」

「では」

ひとくち口にしたかおりは、表情をほころばせた。

「……おいしい」

「そうでしょう。この硬さと弾力を作るのにみんなどれだけ試行錯誤を重ねたことか」

麻生もかおりと同様、笑顔を見せたが、西行寺は、マカロニをフォークで持ち上げては、用心深く凝視しはじめた。

「怖いんですか、異物」

かおりが尋ねる。

「……猫舌なんだ」

西行寺がひとこと言ったとき、息子が帰宅した。中学生のようだ。

「勇人《はやと》、お客様だ。ご挨拶しなさい」

麻生が声をかけたが、勇人はプイと無視をして部屋へ入ってしまった。

「すみませんねえ。どうも難しい年頃みたいで。年取ってからの子どもなんで、つきあい方も難しくって」お茶を運んで来た妻の玲子《れいこ》が言う。「主人も深夜まで仕事漬けの毎日で、息子と過ごせる時間もほとんどなくて」

「何せ半数もの社員に辞めてもらいましたから、私が頑張るのは当然ですよ」

麻生は苦笑いを浮かべた。

「そんなにたくさんのリストラを？」

かおりは尋ねる。

「正直、私の中には抵抗がありました。しかし、天野社長は経営再建への固い意志をお持ちでしたから。リストラされたのは社員だけじゃありません。商品ラインナップも縮小せざるを得ませんでした」麻生の部屋の壁には、数年前に工場前で社員たちと撮った写真が飾ってある。「寂しいもんですよ……親しかった社員もほとんど社を去りました」

聞いている西行寺とかおりも、複雑な気持ちだった。

「だから誠意を示してくれって言ってるんだよ！」

豊川フーズの応接室には、消費者の男が押しかけてきていた。

「このネジのせいで口を五針も縫ったんだ。会食を欠席したせいで契約も取り逃したんだぞ！」

男の目の前のテーブルには、長いねじが刺さった食べかけのカップマカロニの容器が置かれている。総務部員が困っている中、対応しているのは地味なスーツを着た結城だ。

「でしたらまず医師の診断書をご提出いただけませんか」

「そんな暇あるか。逃した契約の穴埋めでたいへんなんだよ」

「ですが、ご請求されている百万円という金額の根拠をお示しいただけませんと。失った契約に関する交渉状況と、会食の詳細なども文書でご提出願えますか」

「こっちは被害者だぞ。話にならない。社長を出せよ」

「責任者は私です。まず書類を」

結城が言うと、男は立ち上がり、カップマカロニを投げつけた。

「忙しいって言ってんだろうが！」

男は捨て台詞を残し、ドアをバン！　と、閉めて出て行った。

「ああして乗り込んでくるのは大抵模倣犯だよ。本当の被害者はそっちが出て来いと電話で怒鳴って来る」

結城の言葉に深くうなずきながら、社員たちはメモを取りはじめた。

「余計な敵を作らないように対応は丁寧に、しかし毅然とやること。検討します、考えておきます、権限がないので上司に相談しますみたいな受け答えはNGね。連絡義務が生じてクレーマーのペースに乗せられてしまう」


夜、危機対策室にはまだ社員たちが残っていた。

「混入があったとしても、あの設備から見て出荷後ですかね。実際やってみたら、意外とネジって簡単に入っちゃうんですよ」

かおりは自分でネジを入れた製品を取り出して、やってみる。すると、小さな穴が簡単に開いて、ネジが中に入っていく。

「これ、俺だったら気づかずに食べちゃうかもねえ」

「故意だとしたら動機は何ですかねえ」

結城と財部はうなずいた。

「それはやっぱり愉快犯とか」

さらに結城が言ったとき、種子島が入ってきた。

「調べたぞ。豊川フーズに恨みを持つ人間はざっと千五百人」

「千五百人？」

かおりは声を上げた。

「豊川フーズのリストラの実態だ。ひどいもんさ」

種子島は西行寺に資料の束を出す。西行寺はさっそくそれらに目を通して行った。

「自主退職に応じない社員を、不向きな部署に異動させてはちょっとしたミスを上司が総出で罵ったり、追い出し部屋での単純作業でノイローゼにさせたり……罠を仕掛けてセクハラの濡れ衣を着せた例もある」

種子島の話を、かおりや財部たちもじっと聞いている。

「おかげでめでたく千五百人のリストラに成功して、天野社長は食品業界のゴーンだとさ」

種子島はそう言いながら『小畑実《おばたみのる》　米製品製造担当課長　二〇一四年六月退社』の写真資料をみんなの前に差し出した。

「……これは？」

財部が尋ねる。

「リストラされた小畑って元社員が、異物混入のあった七月一日に、小学生の娘と親子工場見学に参加していた」

「普通、自分をクビにした会社に娘と行かないよねえ」

「どう見ても怪しいですね」

結城とかおりはうなずきあう。

「極め付きはこの記事だ」

種子島は週刊誌記事のコピーもみんなに差し出した。

「……これは」

かおりが記事をのぞきこむ。

「明後日発売の週刊文潮の記事を入手した」

『豊川フーズ　五年前にもあった異物混入事件！　会社ぐるみで隠蔽か？』

種子島が手にしているのは、そう題された記事だ。

「リストラされた元社員の告発記事だと。五年前に豊川製品に虫が混入した一件を、あの手この手で隠蔽した経緯がまことしやかに書かれている」

「まずいよ。こんな記事が出たら、今回のネジ混入がイタズラだったとしても、世間は混入があったと思い込む」

結城が言う。

「記事は止められないんですか？」

財部が尋ねた。

「恰好のスクープだ。週刊誌側も一歩も引く構えはない。ヘタに潰しにかかれば、こっちが記事にされるよ。これで豊川フーズは完全に瀕死の状態に追い込まれるぞ」

「そこから救い出すのが我々の仕事でしょう？」

かおりは言う。

「ずいぶんと熱心だねえ」

種子島が皮肉っぽく言ったが、

「……救わなきゃ私の実績になりませんから」

かおりはあくまでも言い切った。


翌朝、豊川フーズの社長室では、異物混入記事のコピーを前に実に重い空気だった。

「申し訳ありません。社長がいらっしゃる前のことでしたので……」

麻生はうなだれている。

「天野社長、記事が出てからでは情報開示を怠ったという印象を与えます」

「先手を打って謝罪会見を開きましょう」

西行寺とかおりは続けて言った。

「被害者の私がなぜ謝罪しなければならない？　この記事にしたって私が就任する前の話じゃないか」だがあくまでも天野は態度を変えない。「私は小売店の動揺を治めに行く。記事の件は君たちがなんとかしてくれ。危機対策の専門家ならできるよな」

「専門家でも、当事者の協力がなければ何もできません」

西行寺は言った。

「当事者はこの件を任された君たちだ。責任は君たちにある」

「あなたに責任がないとでもいうんですか？」

かおりも尋ねたが、

「私が出向する際に坂手社長から求められたことは、豊川フーズに投資した二十億円分の株を不良債権化しないために会社を再建することだ。その責任は既に果たしている」

天野は去って行ってしまった。

「私のせいで、申し訳ありませんでした」

麻生はひたすら詫びている。

「謝っても何も変わりません。次の手をどう打つかです」

「私が辞めます。私さえ辞任すれば騒動も解決するんじゃないでしょうか」

かおりは同情を秘めた眼で麻生を見た。

「今さらあなたが辞めたって、何ひとつ解決しませんよ」

西行寺も立ち上がって歩き出す。かおりも、麻生に小さく会釈して、西行寺に続いた。

「……西行寺さん、あなたは私に言いましたよね。危機こそチャンスだと」

表の道を歩きながら、かおりは言った。

そう、かおりは先日、坂手にも言われたのだ。

君に、社に残るチャンスを与えたいと考えています。ついては不祥事の全責任を、君に背負って欲しい――と。

「……本当にそうなんですか？」

かおりは尋ねたが、西行寺は無言だ。

かおりはまた、もうひとつの光景を思い出していた。

それは――。

「……クビになったら恩を仇で返すのかよ」と、虚しく呟いて、十二年前に受話器を落とした父親の雄三の姿だ。

「……私には、そうは思えません」

かおりは言った。だが、西行寺はぽつりと口を開いた。

「……いや、チャンスだよ」

工事現場では小畑実が汗まみれで働いていた。

「休憩！」

と、作業員たちの声がかかると、小畑は工具を置き、疲れ果てた目で、遠くを見た。

「お疲れみたいだね。これ飲む？」

小畑に缶コーヒーを差し出したのは、結城だ。不思議そうにしている小畑の隣に、結城は腰を下ろした。

「……小畑さん、リストラされたんだってね。追い出し部屋で、単純作業をさせられたんだろう」

三年前、小畑は豊川フーズ王子工場の倉庫で、古い食品製造機械のネジを外していた。外したネジを、また付け直していく。その様子は監視カメラに見張られている。

「毎日朝から晩まで無意味なネジの取り付け取り外し。そりゃあ、リストラ勧告にも従っちゃうよねえ」

見張られているうちに小畑はネジを落として震え出し、うずくまって嗚咽し始めた。

「小畑さん、七月一日、何しに工場へ行ったのかな？」

結城は尋ねた。

「なんでそんなことを……昔の職場に行って何が悪いんだよ」

「豊川フーズの異物混入騒動は知ってるよね」

「……俺を疑ってるのか？　俺じゃない。俺は何も知らない！　仕事中なんだ！　帰ってくれよ！」

小畑はパニックになり、怒鳴りまくった。

その夜、麻生が帰宅すると、家のドアや壁が貼り紙や落書きだらけだった。『豊川フーズを潰す気か』『無能部長　オマエがやめろ』という貼り紙や、中にはマジックで大きく『死ね』と書かれた落書きもある。

麻生はため息をつきながら、夕食の席に着いた。今晩はシチューだ。

「今日も遅かったですね。大丈夫ですか会社」

玲子がお茶を運んでくる。何も答えずにシチューを食べた麻生の口の中に、ガリッと妙な違和感があった。手で口を押さえると、欠けた歯とネジが出てくる。てのひらの上のネジを見ていた麻生は呆然としていた。なんなの、と玲子は怯えていたけれど……。

「……勇人」

玲子は居間の一角に立ってじっとこちらを見ている勇人に気づいた。

「……まさかおまえが？」

麻生が尋ねると、勇人は無言で近づいてきて、さらに数本のネジをばらばらと麻生のシチューに入れた。そして、部屋を出て行こうとする。

「待ちなさい勇人！」

麻生は腕をつかんだ。

「……放せよ」

振り払った勇人を、麻生は咄嗟《とっさ》に殴ってしまった。

「……アンタ、まだ辞めないの？」

勇人は冷ややかに『無能部長　オマエがやめろ』の紙を差し出した。

「お父さんは、会社のみんなの為に、毎日遅くまで頑張ってるのよ」

玲子は言ったが、

「みんなの為？　自分だけ生き残りゃそれでいいんだろう？　それで僕がどうなろうが関係ないんだろう？」

勇人は今度こそ、家から飛び出て行ってしまった。

「待ちなさい勇人」

玲子が追って行き、麻生は居間に取り残されてしまった……。


翌朝、西行寺は危機対策室でこの日発売の『週刊文潮』を読んでいた。かおりのスマホには『豊川フーズ株ストップ安』の記事が出ている。

「ネジ一本で、ホントに会社潰れちゃうかも知れないねえ」

「考えてみれば物騒な世の中ですよね」

それらの記事を眺めながら、結城と財部がつぶやいた。

「麻生部長！」

と、財部が声を上げた。いきなり麻生が入ってきたのだ。

「どうされたんですか？」

かおりも驚いて目を見開く。

「天野社長宛てに脅迫状と怪しい包みが届いたんです」

と、紙袋と『異物混入犯より』の封書を置いた。

「『異物混入を止めたければ、天野社長は即刻退任しろ』」西行寺が読み始めた。「『要求に応じる場合は、明日発売の毎朝新聞朝刊に、以下の文で求人広告を出せ。コメコスナックの製造販売再開にともない、社員を百名募集する。豊川フーズ』」

「……コメコスナック？」

かおりが尋ねると、

「米原料の製品が廃止されるまでの我が社の看板商品で、未だに発売再開を望む声の高いスナック菓子です」

麻生が答えた。

「またマニアックな内容盛り込んできたねえ。まあ、あれはたしかに名作だったけど――」

結城がうなずく。

「求人広告を使うのは、かつて食品会社を狙った愉快犯と同じ手口です」

かおりは言った。

「……で、送られてきた包みの内容は？」

西行寺が尋ねると、麻生が「こちらです」と、紙袋から、透明ビニールに入った豊川フーズのカップマカロニを三つ取り出した。

「いずれも七月一日に当社王子工場で製造された製品で、未開封のまま送られてきました。ご確認ください」

麻生が言うと、財部は、では、と白手袋を目の前に数枚置いて、自身も装着した。

かおりと結城も手袋をつけて、各々がカップマカロニの容器に破損がないか確認していく。

「この中にネジが混入されているということでしょうか？」

かおりは尋ねた。

「ただのこけおどしかもしれません。開けてみましょう」

財部は言う。

「もしかして爆弾が入ってたりしてね」

結城は緊張を解くかのように言っていたが、西行寺はひとり、離れた窓際で外を見ていた。どうしたのかとかおりが尋ねると「……念のためだ」と答える。

「……怖いんですね」

かおりは呆れたように言った。

「……では、一応、慎重に」

財部は言ったが、豪快な結城は一気にカップマカロニを開封していく。

「……ありましたよ！」

さっそく結城が、それからすぐに財部とかおりも、商品からネジを見つけた。

「……全部同じネジだな」

結城が三本のネジを見比べて言う。

「つまり商品開封前から入っていたってことですよね」

かおりは言った。

「じゃあ、工場で混入した？」

結城が尋ねると、

「まずいです。完全に豊川フーズの企業責任が問われますよ」

財部がうなずく。麻生はすっかり動揺していた。

「麻生部長。警察にも事情を伝えてください」西行寺は麻生に言い、そして尋ねた。

「ところで、天野社長は？」

「それが、おたくサンライズ物産の坂手社長とロシアへ行ってまして」

「では、麻生部長にご決断いただくしかありません」

「……決断？」

「工場での混入の疑いが高まった今、ただちに豊川のマカロニ製品は小売店から全品回収し、製造を中止します」

麻生はさらに青くなった。

「購入済みの消費者に対する返金にも応じてください。その旨の謝罪広告をホームページに掲載し、大手新聞五紙の明日の朝刊やテレビでも謝罪広告を流します」

「待ってください。天野社長はそれはダメだと――」

「ここで動かなければ、豊川フーズの信頼は地に落ちますよ」

「製造中止さえ決めたら、犯人の次なる犯行に怯える必要もなくなるんです」

かおりも強い口調で言った。

「……ですが、それでは会社がもちません」

「このまま手をこまねいていたら、どの道、会社は潰れますよ」

「つらい選択でしょうが、宜しくお願いします」

西行寺とかおりがさらに言う。

「……少し、気持ちを整理する時間をいただけませんか」

「……明日の朝刊の原稿締め切りまでにはご決断ください」

西行寺はきっぱりとした口調で言った。

夕方、勇人は自宅のベランダで水槽の熱帯魚に餌をやっていた。可愛がっていた熱帯魚だが……勇人は一本のネジを水槽に放り込んだ。室内に戻ると、麻生が立っていた。

「……勇人、話していいか」

そのまま無視して行こうとした。だが麻生はかまわずに声をかけてきた。

「……工場、止まるかもしれない」

「……僕には関係ない」

「関係ないことあるか。会社も潰れるかもしれない」

「……助かるよ……給食の時間が憂鬱でさ……最初はネジだった……今日はとうとう虫だ……それもなくなるよ」

勇人は自分の部屋へ入ってぴしゃりとドアを閉めた。居間に残った麻生は、目の前の壁に飾ってある、社員たちとの写真を見た。そしてしばらく考えていたが……。

深夜、危機対策室に残っていたかおりは、じりじりと時計を見た。

「そろそろ朝刊の広告の締め切り時間です」

「……麻生部長の決断はまだでしょうかね」

「……あの部長には難しいんじゃないかなあ」

財部と結城は首をかしげている。

「製造販売中止の謝罪告知は諦めるしかないな」

西行寺は言った。

「犯人が脅迫状で要求してきた求人広告への対応は？」

かおりは西行寺に尋ねた。

「もちろん、脅迫に屈するつもりはない」

「でも、犯人を怒らせたらまた異物を混入される恐れが」

「ああ。だから、この脅迫状を逆に利用する」

西行寺は手にしている脅迫状を掲げた。


翌朝、毎朝新聞朝刊求人欄には『米製品部門の求人予定はありません。豊川フーズ代表取締役　天野昭雄』の文字が躍った。豊川フーズ王子工場の表でその新聞を手にした人影は、怒り心頭といった様子でゴミ箱へと丸めて捨てた。そして、工場敷地内へと入って行く。

それから数時間後、入構証チェックを経て、消毒作業服で完全防備した従業員達が次々と入っていく。彼らに交じって、作業服姿の結城も入っていった。

作業員たちが作業に従事している中、製品がラインを流れて行く。共に作業している結城は、製品チェックする金属探知装置を凝視していた。と、金属探知装置の赤外線光線が消えた。

「金属探知機の電源が切られました」

結城はインカムに向かってささやく。そして、工場内に目を光らせた結城は、何かを見つけて、表情に緊張を走らせた。

また別のラインを、カップが流れていく。そのひとつにネジが入れられ、具材も投入された。それをじっと見ていた人影が、気配を感じて、ハッと振り返った。背後に立っていたのは西行寺とかおり、そして結城だ。唖然と立ち尽くす人影は……。

「和田さん、あなただったんですね」

西行寺は近づいて行き、和田のポケットからネジを出して突きつけた。

工場の奥に、古い食品製造用の機械が並んでいる。西行寺たちはその部屋にいた。

「あなたも、リストラ勧告を受けたんですね。それを拒否したことで、営業部長でありながら、ここで延々ネジの付け替え作業をさせられた」

西行寺は和田に話し始めた。

あのとき……ネジの付け替え作業をさせられていた和田は、ネジを落として嗚咽する小畑を見て、なんともいたたまれぬ思いだった。

「リストラに応じた小畑さんも一緒でした。あなたは耐え抜いたが、今度は不慣れな警備部に転属となった」

西行寺は尋ねたが、和田はうつむいている。

「七月一日。工場で小畑さんとお会いになってますよね」

かおりが顔をのぞきこむようにして尋ねると、和田がようやく口を開き始めた。

「……小畑君は優秀な社員でした。その彼が、退職後は借金に追われて、離婚までしていた……生きる気力さえ失くしていた。あの日、彼の境遇を聞き、私は怒りが抑えられなくなりました。入社以来、私も彼も米製品一筋でやってきたんですよ。たしかに経営は苦しかったが、みんなで家族のようにいろんな製品開発に取り組んで……あの頃は楽しい職場でした。たしかに天野社長が来て、会社は立ち直ったかも知れないが、同時に我が社は、たくさんの大切なものを失いました」

「和田さん、あなたがしたことは犯罪です」西行寺は言った。「もっともらしい理由を並べたてたが、結局あなたは、小畑さんを口実に、自分の怒りをぶつけただけだ。

そしてあなたの愚かな行為で、会社の経営は揺らぎ、また新たな犠牲者を生み出そうとしています。警察に出頭することをお勧めします」

ちょうどそのときドアの前に、車が停まった。扉が開き、結城が出てくる。

「……和田さん、お送りしますよ」

「……お手数をおかけしました」

和田は西行寺とかおりに頭を下げて、工場を出て行った。


「……私のせいだ」

豊川フーズに訪ねてきて報告をしたかおりに、麻生は愕然としていた。

「私が天野社長の強引なリストラを止められなかったから」

「……止めたんですか？　本気でそれを」

かおりの質問に、麻生は答えられない。

「たしかに褒められたやり方ではありません。しかし、天野社長が人員削減によるコストカットを断行しなければ、豊川フーズは既に存在しなかった。それも事実です。麻生さんは社員を守る為に何かできたんでしょうか？　リストラされた社員のことで胸を痛めるだけなら簡単です」

「……何もできませんでした……社員を守るのが私の使命だと思いながらも、内心では社に残れたことを喜ぶ気持ちさえありました……本当に自分が情けない」

麻生はそう口にしたが……。

「悔やんでる暇はありませんよ。危機に直面した以上、我々は何か手を打たなければなりません。全容を速やかに公表する必要があります。記事にされる前にすべてを伝えるのが、今できる最善の策です」

「しかし、この逆風の中で、社員が異物を混入したことが明るみに出たら、うちの会社は生き残れるのでしょうか」

「麻生さん。あなたが本当に守りたいものはなんですか？」

かおりは真剣に尋ねた。麻生はやはり何も言えずにいる。

「会社、利益、地位、社員、家族、商品、信頼、理念……すべて守ろうとしても何も守ることはできません」

かおりはあのとき……謝罪会見でカメラのフラッシュに晒された。すべてを守ることなど到底できやしなかった。何かひとつを守れたかどうかすらあやふやだ。

「多くの人は大切なものに順番をつけるべきではないと考えます。でも、そういう訳にはいかないんです」

謝罪会見で、かおりは涙を流した。流れて、しまった。

「……危機こそがチャンスなんです。そう思うことでしか前に進めないのかもしれません」

「……神狩さん……どうして」

「……私も同じような経験をしましたから」

それはかおりの心からの言葉だった。

天野がロシアから帰ってきた。サンライズ物産の前に車が到着し、トランクを受け取って、社内へ向かう。と、西行寺とかおりが待ちかまえていた。

「おはようございます。帰国早々、サンライズ物産ですか」

西行寺が出迎える。

「近く本社に復帰して大きなプロジェクトを立ち上げる予定でね。先に帰国した坂手社長にも報告したいことがある」

「しかし、今はまだ豊川フーズの社長です」

かおりは言った。

「異物混入事件で大きな動きがありました」

そしてさっそく、西行寺が言う。

「その件は君たちにまかせたはずだ」

「その対応で、坂手社長にもご相談を仰いでいます」

「……坂手社長に？」

天野の声に緊張が走る。

「いらしていただけますね」

西行寺は言った。


西行寺とかおりは天野を連れて危機対策室にやってきた。

「どの局も、派手に取り上げてますよ」

テレビで昼のニュース番組を見ていた結城が振り返る。画面には謝罪する麻生の映像が流れていた。

「……なんだこれは」

天野はすっかり驚愕している。

「先ほど行われた異物混入に関する説明謝罪会見の映像です。二ヶ月間の出荷停止と商品回収、さらには混入済み製品との返金に応じることが発表されました」

かおりが説明した。

『リストラへの恨みから、当社社員が起した事件である以上、あらゆるご批判に真摯に耳を傾けるしかありません』

画面の中では、麻生が謝罪を続けている。

「こうなった以上は、消費者の安全を最優先するしかありませんでした」

西行寺が天野に言った。

『行き過ぎたリストラを主導したのは天野社長ですね？』

『……それを止められなかった私の責任も重大です』

麻生が記者の質問に答えたところで、天野はリモコンを手に取り、テレビを消した。

「……君たちは麻生さんに何をやらせてるんだ！」

天野は憤っていた。

「……すべて事実です」

かおりが言う。

「……リストラは豊川フーズ再建の為には必要なことだった」

「たしかにわずかな間に経営を立て直した貴方の功績は認めます。しかし、それが正しかったかは疑問です」

西行寺は言った。

「ああっ、東証が動き出したよ。どんどん、豊川フーズの売り注文が殺到してるよ」

パソコンをいじっていた結城が声を上げた。「とうとう百円を割り込んじゃったよ！」

「このままだと豊川はいずれ倒産するぞ。君たちの責任だ」

天野の顔色が焦りで変わっていく。

「手遅れだったんですよ、とっくに」西行寺は言った。「あなたが行ったリストラはたしかに数字上は黒字を計上しましたが、それが原因で今回の事件が起きたことも事実です。そして今、豊川フーズは事件とは別の危機に喘いでいます」

「別の危機？」

声を上げた天野に、かおりは資料の束をつきつけた。そして、西行寺が言う。

「社長として出向した直後に全社員の意識調査を行い、管理職には直接面談もして、社員の選別を行いましたよね」

「……経営再建の為に、残すべき社員と去ってもらう社員を選別する。経営者としては当然じゃないのかな」

天野は答えた。

「しかし、あなたは、自分の方針に従順か、反抗的かを基準に社員を選り分けた。結果、理念や意見を持つ社員は消えて、管理職はあなたのイエスマンで固まった」

「社長の方針通りに動ける部下で固めたから、経営再建も成功したんじゃないか」

「そのせいで社内不満は握り潰され、問題も隠蔽された。社員は意欲を失って、諦めと恨みの感情だけが残った」

ついに、天野が黙り込んだ。

「そんな会社では、今回起きた危機からとてもじゃないが立ち直ることはできない。

経営収支の黒字と引き換えに、会社は一番大切なはずの人材と理念を失いました。あなたは会社の未来を潰したんです」

「おかしいよ西行寺くん。君の言ってることはまるで筋が通っていない。会社の危機を救うというのは会社を存続させることじゃないのかね」天野は反撃を開始した。「坂手社長と進めている穀物プロジェクトにも運命をともにできる企業が必要だ。我々は豊川フーズを守らなければならないんだよ！」

「……しかし、社員による異物混入という最悪の結果が出てしまっては、もう守れませんよ。その原因を作った張本人は、社長であるあなたです。あなたが守りたかったのは、サンライズ物産での将来の立場だけじゃないですか？　あなたは被害者ではなく、加害者だったんです」

西行寺と天野は見つめ合った。

と、ドアが開き、財部が現れた。

「天野さん、坂手社長がお呼びです」

社長室では、坂手が待っていた。

「豊川フーズは大蔵食品に吸収合併してもらうことにした。豊川製品と従業員はまるごと引き受けてもらい、豊川のブランド名も残ることになった。ギリギリの危機対応で、ブランドの信頼だけはかろうじて守れたということだ」

　天野も、西行寺も、じっと聞いていた。

「我が社の穀物プロジェクトに魅力を感じて、うちのグループ傘下に入ることにも前向きな姿勢を示してくれている」

「……待ってください……社長の私の承諾もなしに……どうしてそんな！」

　天野は必死で坂手に訴えた。

「あなたが仰ったんですよ。全てを我々に任せると」

　西行寺が言う。

「……まさか、君が合併の提案を？」

　その言葉に、天野は目を見開いた。

「経営の危機に対処するのも、重要なリスクマネジメントです」

　西行寺が静かに言い、

「処遇は追って伝える。話は以上だ」

　そして、坂手が言った。

　西行寺が廊下に出て行くと、かおりが新聞を手に待っていた。

『豊川フーズ　天野社長　麻生総務部長　引責辞任』『倒産秒読み』『大蔵食品が吸収

合併か』の記事が掲載されている。

「……今回の危機対策は失敗だったということですよね」

「……それは君個人の見解だ」

西行寺は言った。

「麻生部長も辞めることになりました。豊川フーズもなくなってしまうじゃないですか」

「……我々は神じゃない。すべてを救えるわけじゃない」

「……もしかして、最初からこうなることを予測してたんですか」

かおりは尋ねたが、西行寺は答えずに歩き去った。

その後、麻生は危機対策室に挨拶に来た。

「そうですか。昔の製品も復活するんですか？」

財部の言葉に、結城が「じゃあ、コメコスナックも？」と目を輝かせる。

「まだ検討段階ですが、大蔵食品が、米製品部門強化に乗り出すことになりまして、経験者を優遇して五十名程応募することも決まりました」

「それって、犯人の要求が半分叶ったってことじゃん」

結城が言った。

「和田君の思いが少しは通じたということでしょうか。小畑君たちにも応募を勧めるつもりでいます」

「……麻生さんは本当にこれで良かったんですか」

そこに、かおりがやってきて尋ねた。

「西行寺さんには感謝しています」

「……え」

「吸収合併のお陰で、社員は職を失わずに済んだ。私の力だけではきっと守り切れなかった」

「……でも、麻生さんは」

「もう、私のような古い考えが通じる時代ではありません」麻生は微笑んだ。「今は、息子と向き合いたいと思っています。そこからこの先の人生を見つめ直したい。これをチャンスだと思って、ゆっくりと前に進んで行こうと思います」


その頃、シルバーリゾート葉山の庭に一台の車が停車した。降り立ったのは和服の老人、天童徳馬《てんどうとくま》だ。その視線の先には、車椅子の関口老人を押して歩く、西行寺の姿があった。関口はひまわりを見詰めて、ぼおっとしている。

「……そうか。喋ったのか」

天童は西行寺に声をかけた。

「……私のことはまるでわかってませんでしたがね」

「……危機対策室はどうだ？」

その質問に関しては、西行寺はなんとも答えずにいた。

「たいへんだろう？」

「そもそも天童顧問、あなたのせいですよ」

「君にも断る権利はあったはずだ。しかし君は来た。父親がいた会社に」

「……私は、この人の人生をずっと否定してきました。サンライズ物産という会社やあなたのことをもです」

「……事件のことを知りたかったんだろう？」

天童と西行寺が関口に視線を移した。関口はぼおっと向日葵をみつめている。

「……この人が、罪を犯したから」西行寺が口を開く。「……あの事件が、あったから……私は今、ここにいます」

蝉時雨がひときわ激しく鳴り響く。

庭の向こうに見える浜辺には、ゆっくりと夕陽が沈んでいった。

第三話

クルーザーは波飛沫を上げて、夜の海を進んでいく――。

舵を取るのは薮谷虎之助《やぶたにとらのすけ》。隣には謎の美女がいる。

「君と会うのは、今夜で最後にしたい」

薮谷は前を見据えたまま言った。だが、謎の美女は無言だ。

「もう気づかれているかも知れない」

けっして別れたいわけではないが仕方がないのだ。薮谷は美女の横顔をうかがった。

美女はただ黙って前を見ているだけだ。薮谷はちらちらとうかがってみるが……。

「……っ！」

次に前を見たときには、目の前に釣り船が迫っていた。

薮谷は必死で舵を切った。しかし――。

激しい衝撃音とともに、視界が暗転した。

コッ、コッ、コッ――。

「これは坂手社長、お疲れ様です」

白川専務は、向かい側から歩いてくる坂手に声をかけた。

「白川専務、相変わらずのご活躍で」

坂手も立ちどまり、悠然と微笑む。

「社長の足を引っ張らないよう必死ですから」

白川は持ち前の笑顔で応対した。

「勉強会の噂も聞きましたよ。優秀な若手と研鑽を積んでらっしゃるそうで」坂手は白川に耳打ちをする。「いや、若手の育成、おおいに結構です。人材は社の宝だ。白川専務、頼りにしてますよ」

ぽん、と白川の肩を叩き、坂手は秘書の鳥飼《とりかい》ら、取り巻きを引き連れて笑顔で歩き去った。その場に取り残された白川は、秘書の逢沢とともに警戒の目で見送った。

薮谷と美女はクルーザーの中で倒れていた。ふたりとも額から血を流し、目も開かない。そのとき、薮谷の手が微かに動いた。薮谷は最後の力を振り絞り、携帯に手を伸ばした。

『未来の創造。それはサンライズの使命です』

映写室のスクリーンに、北条ちなみ出演の、新しいサンライズ物産のＣＭが流れる。

「北条ちなみさんが到着しました」

そのとき、広報主任の由香が、タレントの北条ちなみを連れて、広報部に入ってきた。

「おはようございます。よろしくお願いします」

ちなみの後ろから、マネージャーら事務所の関係者も続いて入ってくる。

「ちなみ、いいCMになったわよ」

「本当ですか由香さん。楽しみです」

ちなみは満面に笑みを浮かべる。

「社長試写は十五分後だから、楽にしてて」

由香がお茶を渡すと、ちなみは「ありがとうございます」と受け取った。

「みなさん誠に申し訳ございません。社長の坂手に緊急の用ができました。今夜の社長試写は中止とさせてください」

と、そこに広報部長の南田善治《みなみだよしはる》が非常に申し訳なさそうに入ってきた。

「本当にすみません、貴重なお時間を割いていただいたのに」

南田は事務所関係者に平謝りだ。

「ラッキー。今夜、あいちゃった」

ちなみはお茶目な表情を作った。

「ゴメンね、ちなみ。何か食べてく?」

由香はお詫びに食事でも、とちなみを誘った。

「あ、でも、今日は遠慮しときます」

「じゃあ、また今度、美味しいお店探しておくから」

「絶対ですよ」

じゃあまた、と、ちなみは帰っていった。

結城がクルーザーに到着すると、薮谷と美女はすでに意識を失っていた。とはいえ、微かに息はある。結城は船検証を取り出し、しっかりと『サンライズ物産』の所有名義を確認した。そして手際よく、薮谷を抱え上げた。

「いやいやどうも、ご迷惑おかけしました。おたくの船に気付くのが遅れたのはまったくもってこちらの責任でして。本当にすみませんでした」

西行寺は釣り船の男に封筒を渡すと、ワゴン車へと歩き出した。

「ホントに警察には連絡しないつもりなんですか?」

並んで歩きながら、かおりが呆れ顔で尋ねる。

「事故は見なかったことで話がついた。それ以上何をする必要がある?」

西行寺は手にしている誓約書を掲げた。

「クルーザーの処理は俺がやっとくから。後は頼むよ」

結城に促されて、西行寺たちはワゴン車に乗り込んだ。西行寺が助手席、かおりが運転席だ。後部席には意識不明の薮谷と美女が横たわっている。

「大丈夫なんですかねこの人たち……」と、後ろをのぞきこんだかおりは、薮谷に目が留まった。「もしかして、この人」

「……急ぐぞ」

西行寺は何も答えずに、先を急ごうとする。

「警察の目を欺くのが我々の仕事なんですか?」

かおりは西行寺を責めようとするが……。

「危機に陥った人間を救うのが我々の仕事だ」

有無を言わせぬ西行寺に、かおりは実に不満げな表情で、エンジンをかけた。


広報部の由香たちはスクリーンやＣＭポスターを片付けていた。

「ああ忙しいんじゃ、社長試写もいつになることやら」

南田部長も残念がっている。

「早く見て欲しいですね。絶対の自信作なのに」

由香は言う。

「まあ、君の評価は、社長にも伝わってるさ」

と、由香の携帯が鳴った。取り出してみると『北条ちなみ』と画面に出ている。

「もしもし、今日はありがとう」

由香は笑顔で応答ボタンをスワイプした。

「……由香さん、お願い、助けて」

ちなみは聞いたことのないような、切迫した声だ。由香は廊下へ出て小声で話しだした。

「……どうしたの？」

誰にも聞こえないであろう場所まで行き、片手で口を隠す。

「友だちが……血を吐いて倒れてて」

なんということだ……。こういう時期に問題があるとまずい。由香の心臓がはねあがる。

「場所はどこなの？」

「死んでるかも知れない」

ちなみの声はひどく怯えている。

「場所を教えて！」

由香もどうにか落ち着こうと、自分に言い聞かせた。


とある病院のVIPフロア――。エレベーターが開き、医師団や看護師たち、そして薮谷と美女を載せたストレッチャーが出て来た。最後に、西行寺とかおりの姿もある。

「入院手続きは済ませました。医師団たちは薮谷らふたりを隣り合わせの病室へ運んだ。待機用の別室も用意しましたので、そちらへどうぞ。坂手社長も向かわれています」

財部が別室の方からやってきて、西行寺たちに報告する。

「……え、社長が？」

かおりは驚いていたが、西行寺はすでに歩き出していた。


「坂手社長がいらっしゃいました」

秘書の鳥飼が、坂手を連れて待機用の別室に入ってきた。威厳のある雰囲気の坂手に、鳥飼はいかにも柔和な秘書らしい雰囲気だ。

「ご苦労様です」

西行寺が立ち上がって頭を下げる。

「急な頼みで悪かったね」

「事故の処理は済みました。釣り船を避けようとして岩礁にぶつかったようです。強い脳震盪で気を失っていますが、命に別状はないそうです」

西行寺の報告に坂手は小さくうなずいた。

「で、我々は何を？」

今回の仕事はなんなのだろう。西行寺は尋ねた。

「負傷者のひとりは民自党総務会長の薮谷虎之助代議士ですよね？」

かおりの質問に坂手は答えない。

「一緒にいた女性は？」

かおりは尚も食い下がったが、

「神狩君」

西行寺は慌てて制した。

「薮谷先生と彼女が今夜会っていた事実はなかったことにする。それが君たちの仕事だ」

坂手は言った。

「でも――」

「わかりました」

西行寺はかおりを遮ってうなずいた。

「社長、そろそろフライトの時間が」

鳥飼が坂手に声をかけた。

「……頼んだよ」

坂手は西行寺に言うと、トランクを手にした鳥飼と共に去っていった。

「……不倫スキャンダルの隠蔽が危機対策室の仕事と言えますか？」

かおりは実に不満げだ。

「クルーザーはうちの会社の名義だった」

西行寺がひとこと言ったところに財部が現れた。

「女性の意識が回復したようです」

「……行くぞ」

西行寺が歩き出したので、かおりは不承不承、後に続いた。


「失礼します」

ノックをして病室に入っていくと、外国人美女がベッドにうつろな顔で座っていた。

「怪しい者ではありません。あなたをこの病院にお連れした者です」

西行寺は言ったが、美女からはなんの反応もない。

「あなたの名前をお聞かせ願えませんか？」

美女はひとことも発しない。

「我々はあなたを守るように言われてまして、その為にもあなたのことを知っておく必要があるんですよ。藪谷先生とはどのようなご関係なんですか?」

やはり美女は表情ひとつ変えない。西行寺が言っても無駄だ。

「あなたの名前をお聞かせください」

かおりがベッドに近づき、英語で尋ねてみた。けれど、答えはない。

「あなたは誰ですか?」

中国語で尋ねても、

「藪谷先生とはどこでお知り合いに?」

フランス語で尋ねても、美女はただぼんやりとしているだけだった。

マンションの前で車を停め、由香は転げ落ちるように降りていった。インターホンを押しドアが開くと同時に入っていったのは、ちなみに指定された部屋だ。

「由香さん」

ちなみは救いを求めるような目で振り返った。そして、部屋の片隅には、血を吐いて倒れている長髪ピアスの男がいた。由香は緊張してごくりと唾を飲んだ。

「……救急車は?」

ちなみは首を左右に振った。

「事務所には話したの？」

その質問にも同じように首を横に振る。

「……どうして」

「だってこの人死んでるのよ！　事務所が守ってくれるかなんてわからないもの！」

ちなみは由香の言葉を遮って、声を上げた。そのふたつの眼から、涙があふれそうだ。

「助けて。私には由香さんしかいないの」

ちなみの信頼に、応えなくてはいけない。由香は倒れている男に目を移し、恐る恐る近づいてみた。男の首や胸のあたりを見てみると……。

「……待って。まだ息はあるわ」

「……え」

「……助かるかもしれない」

と、顔をのぞきこんでみる。髪が長く、いかにも業界人といった中年男性だが……。

「……この人、誰なの？」

「高原《たかはら》さん」ちなみは言った。「知り合いの映画スタッフで、ＤＶＤを借りにきたの」

「アナタ、もしかして……」

DVDを借りにきた……。見え透いた嘘だ。どう考えてもつきあっている男性、だろう。

「こんなことがバレたら、北条ちなみはおしまいよ！　何もかも全部ダメになっちゃうの！　そうなったら由香さんだってたいへんなことになるんでしょう⁉」

ちなみはすっかり取り乱している。

「……わかったわ」

由香は覚悟を決めた。

「いい？　あなたはここには寄らずにまっすぐ家に帰ったの」

そう言うと、ちなみは不安げに視線を泳がせた。

「……どこか触った？」

由香は尋ねた。

「え？」

「指紋を消すの！」

「……ここと、ここと」

ちなみが指す壁や家具を、由香は必死にハンカチで拭っていく。

「何してるの？　後は私に任せて、あなたは帰って。早く！」

突っ立っているちなみを、さっさと追い返す。

「……はい」

ちなみを外へ促し、ドアを閉めると、ドアノブもハンカチで拭った。

「……う、ううっ！」

すると、高原が激しく呻いて、痙攣し始めた。動揺して、思わず声を上げてしまいそうになる。その、痙攣している高原のポケットから長財布が見えた。抜き取って、中の免許証と保険証を確認してみる。

ゲホゲホ、ゴホゴホ……。

高原は咳き込み、顔を動かした。

「あなた大丈夫？　歩ける？」

もしかしたら動けるかもしれない？　高原の腕を自分の肩にかけると、立ち上がることができた。どうにか外に連れ出した高原を自分の車に押し込み、ドアを閉めて走り出す。一連の作業に心臓が飛び出しそうだが、ハンドル操作を取り乱さぬよう、落ち着くよう自分に言い聞かせながら、病院を目指した。

その頃、由香が運転する車は、西行寺とかおりが乗ったワゴン車と夜道ですれ違っていた。すでに白々と夜が明けかけているが、由香も、西行寺も、かおりも、すれ違ったことなど知らずにいた。

翌日、かおりと財部は、薮谷の記事が載った新聞や雑誌を山積みにしたカートを危機対策室に運んできた。西行寺も室長デスクで山積みの薮谷関連の記事を読み、足元にもジャンル毎に整理された資料が並んでいる。

結城は床にクルーザーの中にあった男性用バッグと女性用バッグの中身を並べている傍らで、二台の携帯を調べている。

「……何してるんですか？」

かおりは尋ねた。

「クルーザーにあったふたりの携帯電話を調べてるんだよ」

「たしかに今回は、例の女性の情報がまったく出てこないですからねえ」

財部がそう言うと、結城はため息をついた。

「バッグを調べても女の手掛かりが何もなくてさあ」

「不倫スキャンダルということになれば、次期総理候補の薮谷先生にとっては大きな痛手となります」

「けど先生も元気だねえ。忙しい合間にあんな美女と」

ええ、羨ましいかぎり、とばかりに財部がうなずく。

「ま、公用車でデートする訳にもいかないしなあ」

結城が言った。

「つまり、坂手社長は薮谷代議士の不倫に協力していたと？」

かおりが尋ねる。

「まあ、持ちつ持たれつと言いましょうか。坂手社長が社内の熾烈な権力闘争を勝ち上がった背景には薮谷代議士の力があった。それは社内中で噂になってることですし」

財部の言葉に、かおりと西行寺は黙り込んだ。

「ダメだぁ。ガードが固いよ。先生の携帯には、着信がたくさんあるのに全部非通知だ」

結城が携帯を放り出し、降参している。

「あの女性ですかねえ」

財部が腕組みをした。

「女の携帯はセキュリティがすごすぎて、簡単にはロックを解除できそうにないしさあ」

「……行くぞ」

と、突然西行寺が立ち上がってかおりに声をかけた。

「先生の秘書やご家族から情報を探るんだよ。当面のマスコミ対応でも歩調を合わせる必要があるだろう？」

高原の治療が終わった。

「とりあえず落ち着きましたよ。命に別状はありません。ご友人のあなたがそばにいて良かったです」

医師が由香に言う。

「ありがとうございました」

由香はホッとしてその場にへなへなと座り込みそうだった。そして、ベッドで眠っている高原を不審な目で見てしまう。

「原因については精密検査をしなければいけませんがね」

医師が病室を出て行くのを見送ると、由香は携帯を手にしてメールを打ち始めた。

『高原さんの治療が無事終わりました。すべて決着です』

送信先はもちろんちなみだった。今頃はおそらく、サンライズが出資している主演映画の撮影現場にいるはずだ。

スタジオから出てきたちなみは、事務所の迎えの車を待っていた。由香からのメールを受け取り、多少ホッとしていたが、もちろんまだ気は抜けない。と、男が駆け寄ってきた。

「北条さん、ちょっと、いいですかね」

名刺を差し出してくるが、いかにもマスコミっぽい男だ。

「すみません。取材でしたら、事務所を通していただけますか」

鬱陶しく思いつつも丁寧に断る。

「高原譲《じょう》さんの件なんですが」

「……え」

男の言葉に、心臓が凍り付きそうだった。

「事務所を通していいんですかね」

その男はニヤリと笑う。

「ライターの大友《おおとも》です。ご連絡お待ちしてますよ」

大友は名刺を無理やり突き付け、去っていった。


西行寺はかおりとともに、衆議院議員会館の薮谷の部屋を訪ねていた。

「事故ってどういうことですか⁉　なぜ我々に連絡が入らずに、あなたたちから聞かなければならないんですか⁉」

薮谷の秘書・久保《くぼ》亘《わたる》が西行寺の訪問に困惑している。

「昨夜、薮谷さんが乗っていたのは当社名義のクルーザーでした」

「……え」

「女性も同乗しておりまして、慎重な対処が必要かと」

「まずいですよ。次期総裁選が二ヶ月後に迫っているのに、そんなスキャンダルが出たら」

久保の表情に一気に動揺が走る。

「女性にお心当たりは?」

かおりは尋ねた。

「ないですよ。昨夜だって早めにご帰宅されたはずなんです」

「事故はその後に起きました」

かおりの言葉に、久保は絶句している。

「……薮谷さんの本日のご予定は」

西行寺が尋ねた。

「委員会での国際支援法の審議と、報道番組に生出演の予定があります」

「地元の奥様への連絡も含めて早急に対処してください」

西行寺の言葉に、久保はすぐにテレビ局へと向かった。

「参りましたねえ。生放送なのになあ」

渋い顔の報道部長に、久保は申し訳ございませんと平謝りだ。

「しかし腑に落ちませんねえ。手術当日に車椅子で代表質問して不死身の虎と呼ばれた逸話を持つ薮谷先生が、大事な委員会を風邪で欠席とは」

ついてきた西行寺たちも、背後の席で耳をそばだてている。

「本当はもっと重い病気を抱えてるんじゃありませんか」

報道部長が訝しげに久保を見る。まずい、自分たちがここにいたらさらに薮谷の入院を疑われる。そう察した西行寺たちは、さっと席を立った。


「……明らかに疑ってましたね」

帰り道、かおりは口を開いた。

「入院が長引けば重病説が広まって、次の総裁選に向けて大きな不利を被るな」

「……それを守るのも──」

「商社がビジネスチャンスを得る為には後ろ盾も必要だってことさ」西行寺は言った。

「世界を相手に仕事してきた君なら、それくらいわかってることだろう？」

「……」

かおりはぐっと言葉を呑み込んだ。

広報部に戻ってきた由香は、ちなみの企業広告や、サンライズ出資のちなみ主演映画の資料を整理していたが、不安はぬぐいきれない。居ても立ってもいられず、携帯を取り出してアドレス帳をスクロールしていった。『神狩かおり　危機対策室』を画面に呼び出し、電話をかけようか逡巡していると……。携帯が鳴ったのでビクリとした。ちなみからだ。

「……どうしたの？」

周囲を気にしながら、電話に出る。

「……私……どうしたらいいのか」

「落ち着いて。何があったの？」

「夕べの件で、脅されています」

ちなみはかなり、うろたえていた。

その一時間ほど後、由香はカフェの奥まった席で、大友と向かい合っていた。

「夕べ北条ちなみを張っていたら、高原譲という男のマンションに入って行くのを見かけましてね」

「ああ、高原さんは私の友人です。一緒にＤＶＤを借りようって、ちなみに先に行ってもらったの」

苦しい言い訳とは思いつつ、口にしてみる。だがもちろん通じるわけがない。大友は目の前のテーブルに一枚の写真を置いた。ちなみと高原がマンションに入っていくところだ。

「二千万」

その要求に、由香の心臓がばくばくと飛び出しそうになる。

「彼女の人気を考えたら安い買い物じゃないですか。表沙汰になったらおたくもたいへんでしょう？」大友はさらに畳みかけてきた。「知ってました？　高原は危険ドラッグの常習者だって噂。北条ちなみのダメージは大きいですよ」

夜、西行寺とかおりは、薮谷の入院する病院に入っていった。エレベーターを昇っていき、VIPフロアで降りると、財部が待ち構えていた。

「薮谷先生がお目覚めになりました」

西行寺は無言でうなずき、病室へ向かう。

「失礼します」

ノックをしてかおりとともに入っていくと、薮谷は法案の草稿に目を通していた。傍らにはバッグと携帯電話が置かれている。

「なんだ君たちは？」

藪谷が怪訝な顔をする。

「サンライズ物産危機対策室の西行寺です」

隣でかおりも神狩です、と名乗った。

「……君が西行寺君か……坂手君から聞いてるよ」

「昨夜の件に対処するよう坂手社長から言われております。あの事故で、頭部の軽傷と右足の亀裂骨折で済んだとは、さすがご強運ですね」

「……これじゃ、手負いの虎だな」

足のギプスと、頭の包帯を見て、藪谷は苦笑いだ。

「……せっかくの機会だ……しばらくゆっくり静養するか」

「賛成できません。マスコミがあなたの病状を詮索しています」

西行寺は即座に反対する。

「こんな姿で出てっても余計に詮索されるだけだろう？」

「姿をくらましたままだと、政治の世界ではあらぬ噂が独り歩きしてしまう。それは先生の方がよくご存知なんじゃありませんか？」

「まあ、私も敵は多い。足を引っ張られるのはいつものことだ」

「健康不安説が飛び交えば、次期総裁候補として不適格の烙印を押されかねませんし、知られたくない秘密まで掘り起されるかもしれません」

「西行寺君、アメリカでは、国務長官のスキャンダルを揉み消したこともあるそうじゃないか」

「あれは当事者の協力があったからこそできたことです。セックススキャンダルになれば全国民の注目に晒されますよ」

西行寺の言葉に、薮谷は黙り込んだ。

「……あの女性は誰ですか？」

かおりが尋ねた。

「……はて、誰のことかな？」

薮谷がとぼけていると、激しいノックの音とともに、失礼します、と財部が入ってきた。

「緊急事態です！　女性が消えました。どこにも見当たりません」

いったいどういうことだ。西行寺は一瞬、どうすべきか判断がつかない。

「薮谷代議士」

かおりが薮谷を見た。

「何を慌ててるんだ。そんな女はハナからどこにもいなかったんじゃないのかね」

薮谷はあくまでも知らん顔を決め込んでいるが……。

西行寺とかおりは美女が入院していた隣の病室にやってきた。

「やられたな。もぬけの殻だ」

窓辺に立っていた種子島が振り返った。ベランダ窓が開け放たれ、カーテンが揺れている。ここから窓を伝って逃げたようだ。

「まずい流れだぞ。マリーナで先生と女を目撃した人間がいて、記者がその情報を掴んだという話もある、おまけに総裁選のライバルになる里見《さとみ》議員の陣営が、先生の健康不安説を吹聴して回っている」

何よりまずいのは、これだ、と種子島は西行寺に資料を渡した。

「薮谷先生は、サンライズ物産の業務改善命令や訴訟沙汰を、行政や司法に根回しして、強引に揉み消してきた過去がある」

西行寺は資料をじっと見た。

「騒動が長引けば、この件を掘り起こす記者が現れないとも限らない。そうなれば先生と坂手社長の社会的信用は失墜する。サンライズ物産も大きな危機に直面する」

種子島がさらに説明を続ける。と、かおりの携帯が鳴った。『橘由香』からだ。かおりは廊下に出て携帯に出た。

「もしもし、珍しいですね。橘さんが電話くれるなんて」

「……助けて欲しいの」

由香の切羽詰まった声が聞こえてきた。

翌朝、いつもより早めに出勤した西行寺は、危機対策室で呆れたように立ち上がった。

「そんな話の為に、朝早くに私を呼び出したのか？」

西行寺の前にはかおりと由香がいる。今朝、西行寺はかおりに早々に呼び出されたのだ。

「そもそも一タレントの問題で、なぜ我々が動く必要がある？」

「北条ちなみのスキャンダルで、撮影済のＣＭや、映像事業部が出資する映画がお蔵入りすれば、サンライズが被害を被ります」

かおりは言った。

「だとしても責任はタレント側にある。うちは被害者だ。損害賠償を所属事務所に請求すればいい」

「この記事が出ればちなみのタレント生命は終わります。やっとここまで登り詰めたのに、交際もしていない相手とのトラブルに巻き込まれて、マスコミにボロボロにされて、人生を台無しにされるんです」

由香も必死になって言う。

「……言っておくが、君が誤った対応を重ねたせいで状況は最悪だ。守り切れるかどうか難しい仕事になるぞ」

「よろしくお願いします」

由香は深く深く頭を下げた。


西行寺とかおりは、とあるカフェの個室で、大友と向かい合っていた。テーブルには例の写真が置いてある。

「北条ちなみと高原譲さんに交際の事実はありません。しかし、世間の誤解を避ける為に、取引には応じます」

西行寺が言い、かおりが『誓約書』を差し出した。

「誓約書です。彼女に関するいっさいを記事にしないと約束していただきます。大友さん、サインをいただけますか？」

そして当然、現金の入った鞄も置いた。

「……わかった」

中に入っている現金を確認し、大友は誓約書にサインをした。西行寺は写真とその誓約書、そして、ＳＤカードを手に入れる。

「大友さん、ちなみにどれだけ張り込まれたんですかね？」

「二日だったかなあ。いや、ついてたよ。こんなうまいネタが手に入った」

　大友の言葉を聞いて、西行寺とかおりは複雑な心境だ。

「アンタらもたいへんだなあ。あの小娘が何かしでかす度にこういう役目をさせられるんだろう？」

「いやあ」

　西行寺はとりあえず大友に調子を合わせて笑っておいた。


　帰り道、西行寺はじっと黙り込んでいた。

「……何を考えてるんですか？」

　かおりは声をかけた。

「……何を気にしてるんだ？」

　西行寺が逆に尋ねる。

「……いえ、別に」

「……まあいいさ。とにかくこれで、橘さんも救われたかなあ。あ、礼はいらないよ。会社の為なんだろう？」

　西行寺の言葉に、かおりは黙り込んだ。

「タレントのスキャンダルを揉み消すのも政治家のスキャンダルを揉み消すのも我々

の仕事だ」

ニヤリと笑うと、西行寺は先を歩いていった。

病院前に戻ってくると、記者たちが集まっていた。西行寺とかおりは裏口からこっそりと入っていった。

「不倫が発覚するのも時間の問題です。次の総裁選にも影響が及びます。薮谷さん、今、重大な危機に直面していることを、どうかご理解ください」

薮谷の病室で、西行寺は言った。

「次期総裁選有力候補の不倫スキャンダルは、マスコミの恰好の餌食です。疑惑が晴れないかぎり、マスコミは先生を嗅ぎ回り、記事を書き続けます。事実でなくても国民はその記事を信じてしまう。あなたは総裁選どころか、政治生命さえ脅かされます」

西行寺の言葉を、薮谷はしばらく黙って聞いていたが……。

「そうなればおたくの業績にも影響するよなあ」

と、呟いた。

「薮谷代議士、あの女性はどういう方なんですか？」

かおりが尋ねても、やはり薮谷は黙っている。

「何年つき合ったのか、女性との間に何かトラブルを抱えていたのか、事情がわからなければ——」

「そんな女はいない」

藪谷はあくまでも言い切った。

「西行寺君、本当に必要とされる政治家なら、多少の逆風ははねのけていくものだ。それで終わるのなら、私に天運がなかったということだ」

そう言って西行寺をまっすぐに見るのだが……。

「私は危機対策の専門家です。運に委ねることはできません」

西行寺もきっぱりと言い切った。


財部と結城は待機用の別室の窓から外の様子をうかがっていた。病室の外にはたくさんの記者やテレビクルーが来ていて、ワイドショーの中継などもしている。

「まずいですね。芸能記者の数がどんどん増えています。おまけにテレビクルーまで」

財部は眉をひそめた。

「とうとうセックススキャンダル嗅ぎつけられちゃったなあ」

結城は携帯ロックの解除作業をしていた。

「ああっ、元梨《もとなし》のり子さんも来てます！」

「……それ誰？」

結城が財部に尋ねる。

「ワイドショーの有名な芸能レポーターです。これは徹底的にやられますよ」

「まずいよそれ。もしうちとの関係まで詮索されたら」

結城のその言葉に西行寺とかおりは困惑しきった表情を浮かべたが……。

「ああっ！　できた！　解除できたぞぉ！」

結城はついに携帯データを解除した。全員揃って、女の携帯データを取り囲む。

「解除はできましたが、読解不明の言語が並んでいますね」

財部は首をひねった。

「アルファベットでもないし、アラビア文字でもないし」

結城もちんぷんかんぷんな様子だ。

「……これ、もしかして……ベニグスタン語かも知れません」

かおりが言う。

「ベニグスタン？」

財部が尋ねた。

「電機部時代に鉱物資源を求めて入国申請したことがあります。国交もない国で、結局、実現しませんでしたが」

「オマエ、解読できるのか」

結城が身を乗り出す。

「たぶん……たしか、そのとき入手したロシア語版のベニグスタン語の辞書データがあったはず……」

かおりはモバイルパソコンを開いていき、ありました！　と、その場で翻訳作業を開始した。

「さすが語学だけは才能あるねえ」

結城はすっかり感心している。

「ようやく光明が見えてきましたかね」

財部は笑顔だ。

「……とにかく翻訳を急いでくれ」

西行寺は部屋を出て行った。

翌日の午後、映画の撮影を終えたちなみがスタジオから出てくると、わっと記者たちが出てきた。

「北条さん、交際報道に関して伺いたいんですが」

「恋人はどういった男性なんですか」

「彼に不審な行動はありましたか」

記者たちは尋ねるが。

「私、恋人なんていません」

ちなみは顔をそむけた。

「ではこの記事は誤報だということでよろしいですね」

ひとりの記者が差し出した夕刊紙の一面には『北条ちなみ　初スキャンダル』とあり、ちなみの大きな顔写真が、そして片隅には高原の写真も載っている。『恋人の映画関係者に、危険ドラッグ常用疑惑』との文字も、だ。


その頃、サンライズ物産の会議室のテレビでは――、

「当人は否定していますが、危険ドラッグ常用疑惑のある男性との恋人報道に、北条ちなみさんのファンの間では失望の声が挙がっています」

というアナウンサーの声が流れていて、由香が画面に茫然と見入っていた。

「ワイドショーのクルーが引き揚げていきますよ」

病院の窓から、財部はテレビクルーが引き揚げて行くのを見ていた。

「ま、もっとでかいネタが出たからな」

携帯を見ていた結城が言う。

「まさかあの北条ちなみちゃんにスキャンダルとはねえ」

財部が呟いたので、パソコンを調べていたかおりは顔を上げ、結城が見ていたネットニュースを一緒に覗き込む。

そこには『最後の清純派　北条ちなみに恋愛スキャンダル　相手の中年男性に危険ドラッグ常用疑惑』と、あった——。

西行寺は街角で夕刊紙のちなみの報道を見ていた。ふと顔を上げて暮れかけた空を見上げると、夕刊紙を丸めてゴミ箱に捨てて、歩き出した。


「どういうことなの!?　話が違うじゃない!?」

由香は夕刊紙を手に、険しい顔で危機対策室のかおりを訪ねてきた。

「記事はたしかに止めたんです」

かおりは弱り顔だった。

「あのライターに関してはな」

背後で西行寺が言うと、かおりは、え？　と、首をかしげた。

「だが記事を書く奴は他にも無数にいる。あの男もたった二日でネタを摑めたんだ。ふたりの関係を嗅ぎつけた記者がほかにいたって不思議はない」

それはたしかに西行寺の言う通りなのだが……。

「言い訳はたくさん。危機対策のプロならなんとかしてよ」由香はガンガンふたりを責める。「ちなみがあんな男と付き合うはずないの！　守ってあげたいの！」

「……橘さん」

かおりは由香の豹変ぶりに驚いていた。

「君が本当に守りたいのは北条ちなみかな」西行寺は尋ねた。「毎年出してたんだろう？　エネルギー事業部への異動希望を」

え？　かおりは西行寺の思惑を探るように見た。

「どうしてそんなことまで」

由香は反発するように見ている。

「それも我々の仕事だ」

西行寺はそう言うと、危機対策室を出ていってしまった。取り残されたかおりと由香は気まずい思いだ。

「私……入社して、エネルギー事業部に配属されたのよ。商社の花形部署に女の私が行けるなんて、嬉しかった。実績を残せなくて、広報に異動になっちゃったけどね。

でも、そこで私は、北条ちなみに出会った」

由香は懐かしそうに話しはじめた――。


二年前、ちなみがＣＭオーディションにやって来た。

「北条ちなみです。何の実績もありませんが、夢だけはあります。世界で活躍できる女優になるのが夢です」

由香と南田部長は、審査員席で見ていた。すらりと背が高く、顔が小さくて……とはいえ、スタイルがいいだけならほかにもいる。何より、強い瞳に不思議な力があった。

「私は何か惹かれるものを感じた。反対を押し切って、無名のちなみをＣＭに抜擢した。すぐに人気に火がついた」

それからは一緒にご飯を食べに行ったり、買い物に行ったり……。

「ちなみは私を姉のように慕い、私たちは仕事の立場を超えて姉妹みたいに仲良くなった」

由香はちなみを自宅に招待して、料理をごちそうしたりもした。

「ちなみのおかげで私の評価も変わったわ」

由香はかおりに話し続けた。

ちなみのＣＭの評判が上々だったおかげで、白川専務が認めてくれるようになった。由香は白川専務の勉強会にも呼ばれるようになった。けれど……。

「……私の夢はおしまいね」

由香は自嘲気味に笑った。


翌朝の出勤時、駅前を歩いていたかおりは、新聞スタンドの前で足を止めた。

『北条ちなみ　裏切りの交際』『北条ちなみも危険ドラッグ使用か？』

なんと、朝刊の一面にちなみと高原がキスをしている写真が大きく載っていた。


「答えてくださいちなみさん！」

「交際報道を否定したのは嘘だったんですよね！」

「お相手の男性は過去にも複数の女優との交際があったそうですが？」

「一緒に危険ドラッグを使用した事実はありますか！」

事務所の前でちなみが元梨のり子ら芸能記者たちにもみくちゃにされている様子が、ワイドショーで放送されている。

「交際の事実が明らかになった今、北条ちなみさんの危険ドラッグとの関わりや、彼女が出演するＣＭや主演映画の行方が注目されています」

ちなみの話題から次の話題に移った。かおりはため息をついてテレビを消した。

「あの笑顔に日本中が騙されたんです。たいした役者ですよ」

「まあ、そのお陰で、薮谷先生への注目も減って、こっちは助かったけどね」

財部と結城がうなずきあっている中、西行寺が出て行こうとする。

「騙したんですね」

かおりはその背中を睨み付けた。西行寺がピタリと立ち止る。

「タイミングが良すぎます」

「世の中は、より刺激の強いスキャンダルを好むもんだ」

西行寺はかおりにちなみと高原の路上キス写真を渡した。

「別のライターから、この写真を買わないかと打診された。大友って男から私のことを聞いたんだろう」

受け取ったかおりは、ただ驚くしかなかった。

「すべての記者の口を塞ぐのは不可能だ」

「つまり、あなたは北条ちなみを犠牲にして薮谷代議士を守った」

かおりと西行寺はふたりともにらみ合うような形になった。

「ほかにどんな選択肢があったんだよ」

西行寺が先に口を開く。

「最低ですね」

かおりは西行寺を軽蔑しきった顔で見た。

「それが我々の仕事だ」

そして、部屋から出て行った。


夜、かおりは家にいた。遅い日も多いので、こうしてあかりとゆっくり会える日は珍しい。

「よかったねお母さん。検査結果は良好だって」

「いろいろたいへんなのに、ごめんねかおりちゃん」

「あ、お茶煎れよっか」

「いつもありがとう」

「……ううん」

かおりは微笑んでお茶のしたくを始めたけれど、なんとなくぎこちないふたりだった。

この家にいると、いつまでも十二年前のことが忘れられない。

あの頃、制服姿で高校から帰ってくると、雄三はくたびれたスーツ姿でビールを飲んでいた。そして、心配そうなかおりの視線に耐えられず、自虐的に笑っていた。

「……みんな冷たいもんさ。自分が可愛いんだ」

「……お父さん」

「面倒見て来た奴らも、誰も助けてくれなかったよ。かおり、ゴメンな」

ゴメンな。

あの言葉が、いつまでもかおりの胸に刺さったままだった。

「北条ちなみの主演映画は撮影中止、彼女を使ったサンライズの企業広告はお蔵入りと決まった。早急に新しい広告作りを進めるが、今回の不祥事を踏まえて、タレントを使わない硬派なドキュメント仕立てで行こうと思う」

翌朝、広報部の会議で南田が発表した。由香は会議の末席で、忸怩たる思いで聞いていた。

かおりが危機対策室にやってくると、種子島に、やあ、と声をかけられた。

「ロシアの新聞で女の写真を見つけたよ。アンタがベニグスタン語を解読してくれたお陰だ」

彼が差し出したロシアの新聞の写真には、ベニグスタン政府高官と一緒に写った美女の姿があった。

「ベニグスタンの政府高官が経済支援の要請にクレムリンを訪問したときの記事だ。あの女もベニグスタン政府の人間だ。それが日本にいた。しかも、総理に最も近い男と目される薮谷先生と密かに会っていた」

種子島の話を黙って聞いていたかおりに、

「……行くぞ。まだ危機対策は終わってない」

西行寺が声をかけてきた。さっそくふたりで薮谷の病室に向かう。

「北条ちなみの騒動もいずれ飽きられます。いつまでも世間の目を薮谷さんから逸らすことはできませんよ」

西行寺は、ベッドで黙々と法案原稿をチェックしている薮谷に声をかけた。

「私は不思議でなりませんでした。なぜそこまでかたくなに何も話そうとしないのか。政治生命の危機だというのに、薮谷さんはいったい何を守りたいのか。もっと重大な秘密を抱えてらっしゃるんですね」

西行寺が言っても、薮谷は何も言わない。それはそうだ。うかつには言えないからだ。

「しかし、あなたが隠れたままでは、マスコミの興味を煽るだけです。いずれその秘密も暴かれますよ」

かおりは美女の写真が載ったロシアの新聞を見せた。

「あの女性は、ベニグスタン政府の密使ですね」

西行寺に言われ、藪谷の顔に驚きと動揺が走る。

「そして藪谷さんも、密使として非政府間交渉をしていた……」

さらに西行寺が言う。

「ベニグスタンは、世界からも危険視される軍事独裁政権国家です。国連にも加盟できず、日本とも国交はありません。次期総裁候補が、軍事独裁国家と秘密裏に接触した上に、ふたりきりでクルージング中に事故を起した。そんなことが発覚すれば、マスコミはおろか、党内からも、国際社会からも批判に晒されます」

かおりもきっぱりと言った。

「その時点で藪谷さんの政治生命は終わりですよね」

西行寺がさらに言っても、藪谷はやはり黙っている。

「もちろん、お認めにならずともけっこうです。しかし、何かを守るには、何かを捨てる選択をする覚悟も必要です。私にお任せ願えませんか？」

「……隠し通せるのか？」

ようやく薮谷が口を開く。

「……隠しませんよ。むしろ出すんです」

西行寺は薮谷の顔を見てうなずいた。


午後、民自党本部での記者会見が行われた。

「まず、お伝え申し上げたいのは、私の不徳が原因で公務を休み、国民に多大なる迷惑をおかけしたことへの謝罪の気持ちです。この場をお借りして心からお詫びしたい」

バシャバシャバシャバシャ……記者のフラッシュを浴びながら、頭に包帯を巻いた薮谷が深々と頭を下げた。

「薮谷議員、重病説も流れましたが」

記者が尋ねる。

「いや、この通り、私はいたって元気だよ」

「頭の包帯が、公務を休み続けた理由でしょうか？」

その質問に、薮谷は一瞬、黙る。その様子を、会見場の隅で西行寺とかおりが見ていた。

「だとしたらその経緯をご説明願えますか？」

記者はさらに尋ねてくる。

「もちろん話すよ。私にはすべてを国民に説明する責任がある」

薮谷は落ち着いた口調で言う。

「一週間前の夜のことだ。公務を終えた後に、クルージングをしていてね。女性も一緒だった。いや、行きつけの店のコでね。デートってやつだよ。私も男の端くれなんでね。当然、女房には内緒だった」

堂々と笑って語る薮谷の隣で、夫人が苦笑している。なんと、この会見は夫人も同席だ。

「その結果がこのザマだ。女房にもさんざん叱られたよ。やはり隠しごとはするもんじゃない」

そのニュースは、夕方の民放のニュース番組でも放送されていた。

「とにかく身を粉にして国家の為に尽くす。それが国民に対する一番の償いだ。国際情勢が複雑化する中で、日本がどこへ向かうべきか、しっかりと打ち出していきたい」

薮谷は堂々と言った。

「薮谷さんらしい裏表のない会見でしたが、党内では次期総理の目を危ぶむ声が大勢を占めています」

記者が党本部前でそう報告する様子がニュースで流れていた。その様子を見て、財部はテレビを消した。

「さすが先生もなかなかのタマですね」

「秘密外交を完全に揉み消しちゃってるもんなあ」

危機対策室でニュースを見ていた財部と結城がうなずきあう。

「……それがいったい、サンライズとどう関係してるんですかね」

かおりは相変わらずの呆れ顔だったが、

「我々が知る必要はない」

これが西行寺の答えだった。

数日後、かおりは空港に駆け込んでいった。

「橘さん！」

「……神狩さん」

トランクを引いて歩いていた由香が、振り返る。

「……さっき知りました。子会社に出向だって」

「……しばらくは海外勤務よ」

「すみません。私が――」

かおりは申し訳ない気持ちでいっぱいだった。

「いいの……ホントは私ね、ずっと神狩さんに嫉妬してた」

「……え」

「あなたが失敗したときにはちょっと嬉しかった。バチが当たったのかしらね。私もそうなった」由香がふっと笑う。「でも今は、逆にチャンスをもらったって思ってる」

どういうことだろう。かおりは首をかしげた。

「ちなみもゼロからの出発だって張り切ってた。もう捨てる物もないから、ハリウッドでチャンスを探すって。向こうでオーディションを受け続けるって。それがあの子が本当にやりたかったことかも知れない」

由香はすっきりした表情を浮かべていた。

「私も頑張らなきゃね。わざわざありがとう」

そう言って、由香は歩いていった。

「彼女の出向先はサンエナジー」

その声にかおりがはっと振り返ると、近くの椅子に西行寺が座っていた。

「小さな会社だが、メタンハイドレートで注目されている。エネルギー事業部に行くよりも、面白い仕事ができるかもしれないぞ」

かおりはなぜ西行寺がここにいるのか、驚いたように目を見開いた。

「君も最初から気づいてたんじゃないのか？　彼女の危機が代議士の危機を救えることに」

何も答えないかおりに、西行寺は続けて言った。

「それでいい。あらゆる可能性を探るのが危機対策だ」

「……だとしても、あなたの選択に納得はしてません」

かおりは口を開いた。

「すべては守れない。厳しい選択をするのも我々の仕事だ」

西行寺はそして、歩いていく。かおりがその背中を見送っていると、西行寺が歩いていく先に、出張帰りの坂手社長と鳥飼秘書がいた。

「例の件で藪谷先生がお待ちです」

西行寺が坂手に歩み寄り、頭を下げる。

「……そうか、ご苦労だったな」

坂手と鳥飼が歩いていく後ろに、西行寺も続く。すると今度はその向こうから、なんとあの美女が歩いてきた。これから出国だ。西行寺と美女は、眼も合わせずにすれ違う。

かおりも無言でそれらの様子を見送っていると、携帯にメールが入った。見ると『白川専務』だ。

『会って話したいことがあります』

いったいなんだろう。かおりは急いでサンライズ物産に戻った。

かおりは専務室にいた。

「……ご無沙汰しています」

「……ああ。君のことはずっと心配していた」

ふたりともなんとなく話しづらい雰囲気だ。

「……で、危機対策室はどうだ？　その後、西行寺君とはうまくやれてるか」

「……きわめて有能だとは思います。ですが、あの人は謎が多すぎます」

「……彼は何を企んでいる？」

白川は西行寺について探ってきた。

「……どういう意味でしょう？」

「坂手社長の後ろ盾である薮谷議員の件で奔走していたんだろう？　その先に何がある？」

「……その先？」

「逢沢秘書がアメリカでの西行寺君について調べてくれてね」

と、逢沢は『西行寺に関する調査書』を差し出した。

「巨大企業の不正経理の摘発から、政府高官の誘拐事件の解決に至るまで、驚くべき功績ですが、一年前に突然、オフィスを畳んで、消息を絶っていました」

そこから一年が空白なのだと逢沢は言う。

「その彼がサンライズ物産に来たということは、我が社に大きな危機が予測されているということじゃないのかな」

西行寺の謎について調べてくれ。白川は上目づかいでかおりをじっと見た。


西行寺といえば三十年前のあの日——。

関口家の表にパトカーが停まっている。関口孝雄が、警察に連行されていく。たくさんの記者のフラッシュが注がれている。

「関口部長、一流商社マンとして恥ずかしくないんですか!」「あなたの罪は国際問題に発展しますよ」「全国民に謝れ!」「あなたは日本の恥だ!」

記者たちの怒号が飛ぶ中、関口は押し黙ったまま、静かにパトカーへ向かった。玄関の前で悔しそうに眼を潤ませているのは十七歳の関口智——後の西行寺智だ。

「……母さん」

隣にいる母、静江《しずえ》は涙を流していた。泣きながら西行寺の手をじっと握っている。と、パトカーへ乗ろうとした関口と西行寺の目が合った。

「……父さん、何か言ってくれよ！」

必死で声をかけた。けれど、関口は眼を伏せて、パトカーに乗り込んでいった。

「尊敬していた父親が、ある日突然犯罪者となった。お父さん、そのときの子どもの気持ちが想像できますか」

シルバーリゾート葉山の前の海岸で、西行寺は関口老人の車椅子を押して歩いていた。

「……お父さん、話してくれませんか？　あのとき、どういう思いだったのか」

「……アイスを……買ってくれ」

すると、関口が口を開いた。

「……え」

「……智が好きなんだ……買ってくれ」

「……今、智と言いましたか？」

西行寺の胸に、どきりと緊張が走る。

「……私の、息子だ」

「……僕ですよ……僕が智です」

思わず声が震える。

「……おまえが……智？」

関口が西行寺を見た。

「思い出してくださいお父さん。僕が智です」

意思のない空洞のような目で、関口は西行寺を見ている。

「思い出してください」

西行寺は慟哭するように訴えた。夕映えの中、静かに波が打ち寄せていた――。

第四話

夏祭りの帰り道。有田《ありた》家の家族四人……祖父の嘉津雄《かつお》、父親の俊介《しゅんすけ》、母親の水江《みずえ》、そして十歳の息子、剛《つよし》は、豊かな水をたたえて流れている波丘川《なみおかがわ》のほとりを歩いていた。

「本当に⁉ じいちゃんの船に乗せてくれるの？」

剛が目を輝かせた。今年の夏、ついに嘉津雄が船に乗せてくれると言うのだ。

「ああ、剛も大きくなった。網も引かせてやる」

「よかったわね、剛」

水江が微笑むと剛は、うん！　と言って満面の笑みで、立ち止まった。そして、対岸の『波丘樹脂』の工場群を見つめる。

「見て見て！　父ちゃんの工場、カッコいいっ！」

俊介は波丘樹脂の工場主任だ。

「きれいねえ」

水江もうっとりだ。夜の工場は不思議な輝きに包まれていた。

「剛、今度、工場見学するか？」

俊介が言い、剛が、わあい、と喜びながらうなずいたとき……。

ドカーン！

激しい爆音とともに、工場が爆発した。

「……あなた……工場が」

いったいどういうこと？　水江はもちろん、嘉津雄も剛も、赤々と燃え上がる工場を呆然と見つめている。

「……先に帰ってろ」

俊介は水江たちをその場に置いて、対岸へと走った。

「火災が起きたのは、ここ波丘市の川沿いにある、波丘樹脂の工業薬品倉庫です」

朝のニュース番組で、カメラはスタジオから、波丘市の川沿いの現場に移り替わった。

「時折、工業薬品の爆発と見られる大きな爆音が響き、出火から二時間、火は一向に衰える気配はありません」

波丘樹脂の火災報道を、かおりと結城は危機対策室のテレビで見ていた。

「出火原因は何だったのか、波丘樹脂の安全管理体制に問題はなかったのか、大きな関心が集まるところです」

アナウンサーがニュースを読み終えたところにちょうど、

「坂手社長から危機対策の要請がありました」

財部が入ってきて言った。

「合成樹脂の工場だろう？　厄介な仕事になるなあ」

結城が眉をひそめた。

「工業薬品が流出した可能性もあるんですかね」

かおりが言う。

「そうなったら集団訴訟でたいへんなことになるよ」

「損害賠償もとてつもない額になりますね」

結城と財部がそう話しているところに、

「まずは現場で状況を把握する。すべてはそこからだ」

西行寺が現れて言った。

その頃、白川は専務室から波丘樹脂の社長室に電話をかけていた。

「サンライズの白川です。塚原《つかはら》社長ですか？　大丈夫ですか？　怪我人は？　そうですか、死傷者もなくて、それはよかった」

「白川専務、ご心配をおかけして申し訳ございません」

電話を受けているのは、波丘樹脂の塚原典雄《のりお》社長だ。

「うちの危機対策室からも人が派遣されることになるでしょう。私にもできることがあればなんでも言ってください」

「恐れ入ります。そこまでご配慮いただけるとは」

「波丘樹脂はうちのグループ企業として本当に重要ですから。なんとしても乗り越えましょう」

「もちろんです。白川専務のお陰で、ここまで育った波丘樹脂です。信頼は、私が必ず守り抜きます」

塚原は電話口で頭を下げる勢いだった。


まずは現場ということで、西行寺たちは翌朝さっそく波丘市にやってきた。本社ビルは工場群を望む一角にあり、工場の巨大な配管からは大量の水が川に流れ出ている。

「サンライズ物産危機対策室長の西行寺です」

「結城です」

「神狩です」

三人は波丘樹脂の本社工場に、塚原社長を訪ねていた。

「わざわざ東京からご苦労様です」

塚原が三人を社長室に迎える。

「グループ企業のリスクマネジメントも我々の仕事ですから」

西行寺は言った。

「私としても心強い限りです。ただ……我が社は特殊な工業薬品を扱う会社です。対応には専門知識が必要ですので、混乱を避ける為にも、我々にお任せください」

塚原はきっぱりと言う。

「マスコミ対応はどうしますか？」

かおりは尋ねた。

「マスコミにはできる限り私が対応します」

塚原の応対を、結城はへえ、と感心したような顔で見ている。

「助かります。危機対策においては、社長自ら対応に当たることが極めて重要ですから」

かおりは言った。

「至らない点があれば遠慮なくご指導ください。よろしくお願いします」

塚原は改めて頭を下げる。

「……こちらこそよろしくお願いします」

西行寺は表情をうかがっていた。

別室に通された西行寺と結城は、窓から工場群を眺めていた。工業薬品倉庫の火災の焼け跡が生々しい。

「財部さんから、塚原社長に関する調査報告が届きました」

かおりはタブレットパソコンを開いた。

『波丘樹脂塚原新社長　就任数々の危機を乗り越えた手腕に期待』『危機対策のプロの異名も』というふたつの記事がある。

「へえ〜、過去に二回も会社の窮地を救ってんだ」

それを見た結城がふんふんとうなずく。

「危機対策のプロですか」

かおりは言い、西行寺はじっと見ている。

「消防署の検証が終わりました。出火原因は煙草の火の不始末でした」

と、そこに塚原がやってきて言う。

「煙草？　危険な工業薬品がたくさん保管されてる倉庫ですよね」

かおりは首をかしげた。

「それが昨日はたまたま塗装工事に備えて火気厳禁表示の看板が外されていたんです。それで出入り業者の誰かが誤って煙草を吸ったようでして。不運な事故とは言え、残念ながら原因の一端は我が社にあります」

　塚原が答える。

「それにしてもずいぶん早く原因がわかりましたよねえ」

　結城は感心したように塚原の顔を見ている。

「消防にすべての管理記録を提出しましたから。できるだけ早く原因を究明して、将来への対策を打ち出す為です」

「河川への工業薬品の流出はあったんですか？」

　西行寺は尋ねた。

「現在調査中ですが、流出していない保証はありません。ですから、危険物も含めて倉庫にあった工業薬品の種類と量の情報はすべて公開します」

　塚原は言った。その答えを聞いて、西行寺は黙って考えごとをしている。

「すべてを明らかにすれば、マスコミの追及は弱まります。早期決着はマスコミ対策にも最善の方法です。

　結局、我々は過ちを真摯に認めて、それを繰り返さないように努力することで企業を成長させるしかない。私は、危機を、チャンスだと考えるようにしています。至らない点があれば遠慮なく――」

「塚原社長、危機対策の初手としては完璧です」

西行寺は口を開いた。

「それはよかった。では、会見の準備がありますので」

失礼します、と部屋を出ていく。

「あの社長なら大丈夫かもな」

結城はそう言って見送った。

「危機はチャンスですかあ……」

かおりはため息交じりに西行寺を見た。西行寺自身は、何かが気になるようで、じっと考えていた。

塚原社長は工場会議室で謝罪会見を開いた。

「弊社の火災事故によって、多大なご心配及びご迷惑をおかけ致しました。誠に申し訳ありませんでした」

記者のフラッシュの中、丁寧に頭を下げる塚原を、西行寺たちは片隅で見ていた。

「謝罪に臨む服装、腰を曲げる角度も完璧だね」

結城は西行寺とかおりにささやいた。

「今後の安全対策に関しては配布資料をご参照ください」

塚原は言う。

「配布資料も、疑念の余地を与えない詳細な内容で、パーフェクトです」

資料を開きながら、かおりが言う。

「塚原社長、倉庫にあった工業薬品が流出して、水質汚染を招く可能性について伺いたいのですが」

記者のひとりが質問をすると、塚原が答えた。

「可能性がないとは言えません。誠に恐縮ながら、地元住民の方々には、湾内での一定期間の漁業停止や遊泳禁止をお願いして、水質検査を行わせていただきます」

地元漁民団が見守る中、波丘漁港で漁業組合長と塚原は握手を交わした。その瞬間、記者団のフラッシュがいっせいに焚かれる。

漁師たちは散会し、バラバラに去っていく。その中に、水江、嘉津雄、剛の姿もあった。「補償交渉も順調に終わりましたね」

「漁師さんたちとの交渉ってのは普通もっと揉めるんだけど、誰も抵抗しなかったもんなあ」

かおりと結城はうなずきあっていた。西行寺は去っていく漁師たちを見ている。

「どうして船に乗っちゃダメなの？」

剛は拗《す》ねたように口をとがらせて嘉津雄を見た。

「海を検査するんだから、仕方ないだろ、剛」

「じいちゃんの嘘つき!」

走り出した剛が、かおりにぶつかった。

「大丈夫ですか」水江がすぐにかおりに駆け寄ってきて、ごめんなさいねと謝った。

「ほら剛も謝って」

「いえ、ちょっとぶつかっただけですから」

かおりは言った。

「どうもすみませんでした……ちょっと剛!」

水江は走っていってしまった剛を追いかけていく。

「夏休みに海に行けないのは寂しいよなあ」

可哀想に、と、結城は走っていく剛の姿を見送っていた。

翌日、西行寺たちは波丘湾沿いの道を歩いていた。

「なんか、マスコミもみんな帰っちゃったねえ」

結城もすっかり力が抜けている様子だ。

「地元漁師との交渉妥結で一件落着ってことですか」

かおりは言った。

「……我々も帰りますか」

結城がワゴン車に乗ろうとしたところ、

「……あれ？」

かおりは立ち止まった。結城がどうした？　と尋ねる。

「誰か泳いでます」

「え、遊泳禁止だろ？」

だが、湾内で子どもがふたり泳いでいた。その子どもたちに、浜辺で何か叫んでいる子どももいる。

「……様子おかしくね？」

結城が言う。

「……ひとり倒れてます！」かおりは浜辺に走っていき、叫んでいた子どもに「どうしたの？」と尋ねた。

子どもは、もうひとりの友だちを指した。「急に倒れちゃったんだよ」

浜辺で倒れている男の子は剛だ。

「……え……もしかして、昨日の子？」

「救急車だ！」

西行寺が叫び、かおりは急いで携帯を取り出した。

救急車はすぐに到着した。苦しそうにしている剛に、かおりは声をかけ続ける。

「大丈夫よ。今から病院で診てもらうからね」

かおりは一緒に乗り込み、病院に付き添っていく。

「いったいどうしちゃったんだろうねえ……」

結城は救急車を見送っていた。海岸には、拾った貝や魚を焚き火で焼いて食べた跡が残されている。西行寺はその中から貝をひとつ拾って眺めていた。


波丘市営病院の病室に入院した剛を、かおりはじっと見守っていた。そこに水江が駆けつけてくる。

「……剛、大丈夫？」

「……母ちゃん、お腹痛いよお」

ベッドの上の剛が弱々しく目を開ける。

「軽い食中毒で、数日で治るそうです」

かおりが言った。

「……よかった……あ、あなた昨日の」

水江は改めてかおりに頭を下げた。

病室の外のベンチで、かおりは水江に名刺を渡した。

「そうですか。神狩さんは、東京から波丘樹脂の危機対応に」

「でも、塚原社長がうまく対応してくれました」

「ええ。立派な社長さんですから」

「漁業組合との交渉は普通はもっと長引くんですけど」

今回は塚原の対応のおかげで、異例の速さだ。

「でも、相手が波丘樹脂さんですから。あの会社あってのこの街ですし、どの家庭でも必ずひとりは関連の仕事をしてるんです」

「水江さんのご家族も？」

そういうものなのか、と、かおりは驚いていた。

「ええ。主人の父親は漁師で、私も水産加工場でパートしてますが、主人は波丘樹脂の工場で働いています」

そこに、漁業組合長がやってきた。

「困るんだよ水江さん。遊泳禁止の海で泳いだ上に、貝なんか食べて食中毒なんてさぁ」

「……組合長、ご迷惑おかけしました」

水江は立ち上がり、深く頭を下げる。

「それでなくても今度の火事で波丘の海産物の風評被害があるんだから」

「……申し訳ありませんでした」

水江は平謝りだ。

「剛君が無事でよかったけどさ、微妙な時期なんだから、頼むよ」

と、組合長は帰っていった。水江はひたすら気まずそうにしている。

「母ちゃん」

病室から剛の弱々しい声が聞こえてきた。

「……じゃあ、私もここで」

水江が中に入っていくのを見計らっていたかのように、西行寺が近づいてきた。

「念の為、市の保健所に貝の検査を依頼しておいた。結果は明日出る」

すると、ナースセンターで、

「え〜！　三人も来てくれちゃうの⁉」

と、結城が女性看護師とはしゃぐ声が上がる。

「よっしゃ！　じゃ今夜七時ね！」

そう言って看護師たちに手を振る結城に、かおりは背後から近づいた。

「……で、結城さんは何を？」

「ああ、地元の皆さんとちょっとした交流活動を」

いったいなんなんだか。かおりは露骨にため息をついた。

西行寺たちは結局まだ波丘に残ることになり、翌日の午前中も波丘漁港にやってきた。

「来ましたよ。波丘大学の水質調査チームです」

結城が言うように、塚原社長と組合長も、白衣の水質調査団と一緒に来ている。

「じゃあ、よろしくお願いしますよ」

組合長が言うと、

「行って参ります」

と、調査団長が船に乗り込む。

「水質検査まで立ち会っていただいて申し訳ありません」

塚原が西行寺に歩み寄ってきた。

「いやあ、まあ、我々も塚原社長にお任せしておけば大丈夫とは思っています。けどまあ、仕事ですから。これを見届けたら帰りますよ」

「危機対策の専門家にそんなふうに言っていただいて、恐縮です」

「塚原社長、この後の対応はどのようにお考えですか?」

西行寺の隣にいるかおりが塚原に尋ねた。

「水質検査の結果についての情報はすべて開示します。万一、汚染が検出された場合は、プランクトンを使った方法で海洋浄化に乗り出します。汚染があっても微量でしょうから、いずれ海は元通りになりますよ」

「ずいぶんと用意周到ですねえ」

西行寺が言った。

「前もって対策を施すことこそ本当の危機対策じゃないんですか、西行寺さん」

「おっしゃる通りです」

「私も一応、危機対策のプロと言われてる人間ですから」

「……そうでしたね」

「塚原社長、船が出ますよ」

組合長が声をかけに来た。

「じゃあ、いろいろとありがとうございました」

塚原は調査団や組合長とともに、船に向かった。

翌日、西行寺らはサンライズ物産に帰ってきた。

「波丘樹脂は、十年前にも濾過装置の故障が原因で、事故を起しています。その危機を救ったのが部長時代の塚原社長です。

五年前には、不正経理による脱税が摘発されました。

その危機を救ったのも常務時代の塚原社長。会社ぐるみの不正を公表し、企業モラル確立への具体策を提示。彼が社長に就任する事で不正体質脱却を印象付けました」

財部が報告した。

『波丘樹脂　工業薬品流出事故』『波丘樹脂不正経理は会社ぐるみか』『波丘樹脂塚原新社長就任　数々の危機を乗り越えた手腕に期待』『危機対策のプロの異名も』

西行寺は様々な記事を読み続けている。

「あ、出てる出てる。調査チームの水質検査の結果が」

結城はパソコンで調査結果資料を見ていた。

「『微量の工業薬品が確認されたが、魚介類を食べても健康被害が出るレベルにはない』、か」

「波丘市の保健所の検査でも、貝から工業薬品は検出されてませんねえ」

財部は波丘保健所の貝の検査結果を見ている。

「『念の為、浄化作業を行い、禁漁期間は三ヶ月間』だって」

結城はパソコン記事を読み上げた。

「地元紙が小さく扱っているだけで、大手五紙はどこも取り上げていませんね」

かおりは今日の各社新聞を調べている。

「解決済みの事件より次のニュースってことですか」

財部が呆れたように言う。

「つまり塚原社長の危機対策の勝利ってこと」

結城がうなずいた。けれど西行寺が……。

「……気に入らないな」

と、顔をしかめる。

「……何がですか？　工業薬品の流出も最小限。マスコミ対策も成功。リスクマネジメントはほぼ終わりましたよね」

「上々の結果です」

かおりも、財部も、西行寺に向かって言ったが……。

「そこが問題だ。うまく運びすぎている」

西行寺はやはりどうしても気に入らない。

「うまくいって何が問題なんですか？」

かおりが言うと、西行寺は机に資料を開いて置いた。

「あの街は経済も財政も完全に波丘樹脂に依存していて、歴代の波丘市長もすべて波丘樹脂関係者。市営病院の院長、保健所長、波丘大学の学長も、なんらかの形で波丘樹脂と関係がある」

「ひょっとして、波丘市の検査結果を疑ってます？」

　かおりは言う。

「用心深い性格でね。念の為、財部さんは波丘市や波丘樹脂について徹底的に洗ってください」

「わかりました」

「結城君は、別の調査機関を手配して波丘湾の水質検査をさせてくれ」

「了解」

「神狩君も波丘市に戻って、剛君を東京の病院で再検査させる手配を頼む」

　西行寺は言ったが、かおりだけは快く返事をしなかった。

　翌日未明、波丘漁港では白衣の一団が海水や魚介のサンプルを手にしていた。

「そろそろ夜が明けるよ。誰かに見つかったら面倒だからさ、さっさと行こうよ」

　現場に来ている結城が、白衣の調査員に声をかけた。

「了解です」

　調査員たちはすぐに移動を開始した。

やはり波丘に来ているかおりは波丘市営病院に水江を訪ねていた。病室内で剛に聞かれるのもよくないので、庭で水江にひととおりのことを話した。

「……転院、ですか?」

水江が不安げに尋ねる。

「ええ。東京の病院にとてもいい先生がいるんです」

「でも、東京の病院じゃ、剛に付き添ってやれませんし、お父さんのご飯も作らなきゃいけませんし」

「じゃあ、検査だけでも受けてみませんか。費用はこちらで負担しますから」

「……どうしてそこまで?」

「あ、いえ、剛君の入院が予定より長引いているようなので、ちょっと心配になりまして」

かおりはごまかすように言った。

「……何か問題でもあるんですか?」

「剛君の病状に、火災事故で流出した工業薬品が影響している可能性も考えられますので」

「待ってください。ここの先生はそれは関係ないと」

水江が不安げに言う。

「念の為です」

「念の為って言われても……」

「あらゆる事態を想定して調べるのが我々の仕事なんです」

だからわかってほしいのだが……。

「あなたは波丘樹脂の危機を救う為にきたんですよね。なのになぜ会社の不利になるようなことを調べるんですか」

「情報をすべて公開するのが塚原社長の方針です。ですから剛君を転院させましょう」

「お断りします。ここは設備もちゃんとしてるし、家族も私もずっとお世話になってる病院なんです。剛にもとてもよくしてくれてますから。失礼します」

と、水江は院内へ戻っていく。

「水江さん！」

すると、ちょうど中から、たいへんじゃ！　と嘉津雄が走ってきた。

「剛の容態が急変した！　突然吐き始めて、熱もすごいんだよ」

水江はあまりの驚きで、足が止まってしまう。

「ほら、水江さん、はやく」

「……はい！」

嘉津雄に引っ張られるようにして、水江は急ぎ足で院内に戻っていった。

点滴をした剛が、苦しそうな息をして顔を歪めている。水江はベッドの横でじっと見守っていた。そこに、俊介が入ってくる。

「あなた、先生はなんて?」

「強度のアレルギー症状らしい。貝の毒性に対する体質の問題じゃないかと言っている。新しい薬も処方してくれたし、それでよくなるはずだ」

俊介はよくなると言うが、水江は不安でならない。

「大丈夫だよ。そんな心配するな。先生もよくなるって言ってるんだ」

「……そうね」

「そろそろ工場に戻らないと。何かあったら連絡してくれ」

「……はい」

俊介が病室を出て行ってしまうと、水江はどこか取り残された気分だった。ただただ不安で、ベッドで眠っている剛を見つめた。

「え? 検査業務は中止?」

サンライズ物産に戻ってきた結城は、危機対策室で電話を受けていた。

「どういうことですか！　いや、理事長の意向って……あ」と、受話器を降ろした。

「切られました」

「東京科学大学にまで、圧力がかかったのかも知れないですね」

財部が言う。

「だとしたら海洋汚染を認めたようなものだな」

西行寺は腕組みだ。

「会社ぐるみで汚染を隠蔽してるってことかあ、厄介だなあ」

結城も眉をひそめている。

「もしそうだとしたら住民の健康を脅かす重大な危機です。徹底的に追及しましょう」

かおりは立ち上がる勢いだ。

「勘違いするな。我々の仕事は波丘樹脂の危機を救うことだ」

西行寺がかおりに言う。

「困っている人間を助けるのが危機対策なら、住民の為に真相を――」

「ずいぶん陳腐な正義感だな」

「なんですって？」

ふたりは言い合いのようになった。

「ことはそんな単純じゃない。危機の裏には、様々な立場の人間と、その複雑な思惑が絡み合っている」

「まあ、とにかく波丘湾で何が起きてるのか調べませんと」

財部は言った。

「でも、また検査を潰されるかも知れないっすよね」

結城は渋い顔になる。

「湾内に人を入れないこともありえますかね」

財部もため息だ。

「じゃあどうやって情報を集めますかねえ」

結城が首をかしげると……。

「方法はある」

西行寺がそう言った。一同はいっせいにそちらを見る。

「剛君だ」

その言葉に、かおりがぴくりと反応する。

「転院して再検査をすれば事実が明らかになる」

と、かおりの携帯が鳴った。『原田清志』からだ。

かおりはサンライズ物産の喫茶コーナーで、原田と向かい合っていた。

「白川潰し？」

「だってそうだろう？　事故の決着はついたはずなのに、危機対策室が、かき回してるじゃないか」

今ここで白川潰しをすべきではない。原田はそう言ってくるが……。

「……解決なんかしてない」

かおりは口をとがらせた。事故の決着なんて、ついていないのだ。

「何かあるのか？」

原田に尋ねられても、それはうまく答えられない。

「いいか？　波丘樹脂をサンライズ傘下に引き入れて、国内トップの合成樹脂メーカーに成長させたのは白川専務だ。役員改選が近いんだ。ここで白川専務に失態があれば、坂手社長はここぞとばかりにつけ込んでくる」

かおりが黙っていると、さらに原田は身を乗り出してきた。

「考えてみろよ。坂手社長にＬＩＦＥ事業のトラブルの全責任を押し付けられたんだぞ。それでもかおりが会社にしがみついたのはなんの為だ？　もう一度、やりたい仕事に復帰したいからだろう？　かおりを引き立ててくれるのは白川専務じゃないのか」

「……それはわかってる。でも、私は今、危機対策室で働いている。白川専務だって、理解してくれるはずよ」

席を立って出て行くかおりを、原田は心配そうに見ていた。


西行寺は専務室を訪ねてきていた。

「波丘樹脂が汚染の隠蔽を？　信じられない……そんな」

白川専務がショックの表情で、西行寺を見た。そして、おもむろに受話器を手に取り、塚原に電話をかけようとする。

「まだ可能性の段階です」

西行寺は白川を制した。

「……わかりました。徹底的に調査してください」

白川は受話器を置く。

「場合によっては、あなたが育てた波丘樹脂も塚原社長も、致命的な状況に陥るかも知れません」

「だが、誰であろうと不正はいけない。企業の経営者たる人間は常に清廉潔白であるべきだ。私も自分にそれを課してやってきた。それで波丘樹脂の信頼が揺らぐなら、私なりに立て直す手立てを考えます」

「あなた自身も火の粉を被る可能性はありますよ」

「西行寺君。私も経営者のはしくれだ。責任を取る覚悟ぐらいありますよ」

「評判通りの方ですね。お話しできてよかったです」

「……私もです」

讃え合いながらもお互いに探り合うようにして、一度目の訪問は終了した。


かおりが専務室前に歩いてくると、専務室から西行寺が出てきた。

「……西行寺さん」

驚いて足を止めると、

「白川専務にお伺いを立てに来たのか？」

西行寺が尋ねる。

「後ろ盾だもんな、君の」

ふっと笑われたが、かおりは何も言わずに立っていた。

「安心しろ。専務も徹底的にやれと仰ってくれた」

西行寺は歩き去った。


翌朝、波丘大学のチームが波丘湾に、大量のプランクトンを注入していた。三たび、波丘市に出向いたかおりと結城は、それらの様子を海岸の一角から見ていた。

「さっそくプランクトンでの洗浄が始まってます」

「たしかに用意周到だ」

かおりと結城がうなずきあう。湾岸には監視員が立っていた。かおりたちはその光景を見ていた。

「向こうも本気出して来たってことかもな」

結城がうーん、と、腕組みをした。


「じゃあ剛、またね」

剛の寝顔に声をかけ、水江は病室を出てきた。

「……神狩さん」

廊下には、かおりが待っていた。

「改めて、転院のお願いに伺いました」かおりは言う。「剛君とこの街のためです」

「……お断りしたはずです」

水江は足早に去ろうとする。

「水江さん」

かおりは水江の腕をつかんだが、

「もうかまわないでください」

水江は腕を振り払って去っていった。

「じゃあ、今度も思いっきり盛り上っちゃうからね」

と、ナースセンターから結城が笑顔で出てきた。じゃあねー、と楽しそうに女性看護師たちと手を振りあっている。

「……また交流活動ですか」

ため息をついているかおりに、

「ああ、成果も上々だ」

と、結城は粉末薬を一包み掲げた。

「剛君に処方された薬だ。何かわかるかも知れない」

え？　かおりは驚いて結城を見た。つまり……看護師たちと仲良くなって、この粉末薬を手に入れたということ？

「すぐに東京で検査させろ。俺は工場の様子を探ってみる」

「……はい」

薬を渡されたかおりは、すぐに動き出した。

作業着姿の俊介は、自宅で工場の資料書類を見ていた。その顔はどこか不安げだ。

「あなた」

帰宅した水江が背後から歩みよる。

「水江、帰ってたのか」

「……今日は夜勤でしたよね」

水江は怪訝そうに俊介の顔を見る。

「ああ」

玄関に向かう俊介を、水江は追いかけた。

「やっぱり転院した方がいいんでしょうか」

「必要ないだろう。まだ言ってんのかよ」

俊介はどこかわずらわしそうに目を逸らす。

「……でも、貝の毒じゃなかったとしたら」

「何言ってんだよ。水質検査でも健康に影響なしって出てるんだ。先生だってよくやってくれてる。転院だなんて失礼だろう」

「だけど、私は剛のことが――」

しかし、俊介は出て行った。バタン。冷たくドアが閉まった。

「水江さん、余計なことはせん方がいい」

後ろで見ていた嘉津雄が言う。

「転院なんかしたら、みんなが理由を尋ねる。アンタ、なんて答えるんだ？」

尋ねられ、水江にはなんとも答えることができない。

「この街にはこの街のやり方ってもんがある。この街で生きて行くからには余計な波風は立てんでくれ」

嘉津雄の言葉が、水江の胸に突き刺さった。


夜、西行寺と種子島はバーで飲んでいた。

「サンライズ物産のことを調べてたら、面白い記事を見つけたぞ」

と、種子島がカウンターに古い新聞記事を置いた――『サンライズ物産不正入札事件関口資源開発部長逮捕』とある。

「三十年前の記事だ。ロシアの天然ガス採掘権絡みの贈賄事件で、サンライズ物産は大きな危機に瀕していた」

そう言われ、西行寺は記事を手に取った。その記事に掲載されているのは――、

「逮捕されたのは、当時の資源開発部長の関口孝雄」

種子島は言った。

つまりそれは四十四歳当時の関口。西行寺が週末ごとにシルバーリゾート葉山に会いに行く、車椅子の関口老人だ。

「謝罪会見に臨んだ当時のエネルギー本部長、天童徳馬はその後、サンライズの副社長を務め、今も顧問役員をしている」

種子島が言うように、新聞記事には、謝罪会見に臨む天童徳馬顧問の姿もある。あのとき、西行寺とともに車椅子の関口を見つめていた、天童だ。

「そして、当時、関口部長の部下だった坂手光輝は現在のサンライズ社長、白川誠一郎は専務、社内を二分する勢力争いを繰り広げている」

驚いたことに、そうなのだ。坂手と白川、あのふたりは共に関口の下にいた——種子島は、西行寺の横顔をチラリと盗み見た。そして、鞄の中から封筒を出す。

「ああ、そうそう。波丘樹脂の塚原社長な。元社員からいろいろ聞いてみたんだけどさ。どうも胡散臭い」

と、そこから資料や写真をあれこれと取りだした。

「消防署も怪しいぞ。火災の報告書を書いた担当責任者が、直後に消防署を退職して、実家の山形に帰ってた」

いったいどういうことだ?

その写真を、西行寺は手に取ってみる。

「山田一郎《やまだいちろう》。カードローンのブラックリストからもその名前を見つけたよ」

種子島は言った。

その夜、波丘樹脂内では産業用の合成樹脂が製造されていた。作業服の従業員の中には、俊介の姿もある。そこには結城も紛れ込んでいた。

製造過程で出る濁った廃液が巨大な濾過装置に流れ込み、特殊な浄化処理がなされていく。そこには透明度を増した廃液が流れだし、配管を通って、工場外へ流れ出ていく。

そのとき、塚原社長が工場長に伴われてやってきた。点検簿を持った工場長とともに機械を見て回っている。

俊介も結城も、塚原に気づいた。結城は塚原に気づかれないよう、作業帽を目深にかぶり直す。歩いてきた塚原は、浄化装置をちらりと気にしていた。結城はその一瞬の様子をしっかりと見ていた。


かおりは自宅に帰り、慌ただしく食事を並べていった。車椅子のあかりは、雄三の遺影の前にいる。

「忙しそうね」

「ごめんねお母さん。またすぐ出なきゃいけないの」

かおりはテーブルの上に置いた書類封筒をバッグに入れた。

「かおりちゃん、感じ変わったわね」

「……え」

「表情が穏やかになったわよねえ」

あかりは遺影の雄三に語りかけた。

「やだ、前はキツかったみたいじゃない」

かおりは苦笑いだ。

「仕事が変わったせいかしらねえ」

危機対策なんていう仕事をして、こんなふうにまたすぐに仕事に出かけていったりするかおりなのに、穏やかになったなんて……。

かおりは遺影と話しているあかりの後ろ姿を見つめていた。


翌朝、西行寺は山形の農村にいた。その目は鍬を手にした山田一郎の後ろ姿を見ている。山田は、楽しそうに畑仕事をする妻子と祖父母を、離れた場所からじっと見つめていた。

「いいところですね山田さん。ご家族も楽しそうだ」

西行寺は山田の後ろから声をかけた。

「……あなたは？」

「サンライズ物産危機対策室の西行寺です。波丘樹脂の工業薬品倉庫の火災について調べています」

それを聞いた山田の表情がさっと険しくなった。

「波丘消防署を退職したのは突然だったようですね。署員の方も驚かれてました」

「……両親も年なもんで、前々から考えてたんですよ」

「教えてください。あの火災事故の真実を」

「……火災調査書に書いた通りだ」

「事故の後に貝を食べた男の子が、原因不明の体調不良で苦しんでいます」

西行寺の言葉に、山田の表情がさらに厳しくなった。

「調査書が嘘だったらあなたの罪は重いですよ。ご家族にもたいへんな苦労をかけることになる……しかし、誰かに脅されて書いたとなれば、情状酌量の余地も生まれます」

山田の表情が次第に強張っていく。

「私は真実が知りたいだけです。それさえわかれば、借金の返済に充てたお金のことも追及はしませんよ」

もう山田は真っ青だ。

「自覚してください。あなたは今、人生の大きな危機の渦中にいます。そこから抜け出す為の選択肢はただひとつ、私に真実を話すことです」

西行寺のその言葉に、山田はついに観念した表情になった。

仕事を終えた従業員たちは、次々と波丘樹脂の正門に出てきた。結城が門の付近で伸びをして待っていると、かおりが車で迎えに来る。結城はドアを開けてさっと乗り込んだ。

「処方薬の検査結果が出ました」

ふたりは川沿いの人気のない場所で降りた。結城はかおりから差し出されたデータに見入る。

「結城さんは何か摑めましたか？」

かおりは尋ねた。

「火災の数日前に、修理が入っている。けど、なんの修理だったのか、みんなよくわからないって言ってんだよねえ」

結城はぼそりと呟いた。

かおりが病室を訪ねると、水江は苦しそうに眠っている剛を、不安げに見守っていた。

「剛君に処方された薬の分析結果です。工業薬品による中毒症状を緩和する成分が含まれていました」かおりは薬品の分析データを、水江に差し出した。「海洋汚染の影響に気付いていながら、それを知らせずにごまかし通そうとしているんです。そんな病院に剛君を任せていいんですか?」

かおりの言葉を聞いて水江がハッとした表情を浮かべたところ、かおりの背後に、俊介が現れた。

「……あなた」

水江が顔を上げて俊介を見た。かおりがつられて振り返る。

「アンタか。水江に余計なこと吹き込んだのは」

「それは、剛君を転院先で検査させればハッキリします」

かおりもきっぱりと言い返した。

「帰ってくれ」

俊介は尚も言った。

「剛君を転院させるまでは帰れません」

「わかってんのか? アンタは俺たちに、会社とこの街を裏切れって言ってるんだぞ」

「工場が火事になり、海を汚されて、お父さんも漁に出られなくなって、剛君もこんなに苦しんでいます」かおりも一歩も引かない。「いいですか？　危機はとっくに始まっているんです。剛君はその被害者なんですよ」

かおりの言葉に、俊介と水江は黙り込んだ。

「危機に陥った以上、会社も街も無傷ではいられません。すべてを守ろうとしても何も守れません。あなたたちが一番守りたいものはなんですか？　剛君じゃないんですか？」

かおりに問いかけられ、俊介と水江はベッドで苦しそうに喘ぐ剛を見詰めた。

「母ちゃん」剛がうわごとでつぶやく。「じいちゃんの船、乗りたいな」

「転院して剛君を検査すれば、剛君の体に何が起きているのか、波丘湾で何が起きているのか、真実がわかるんです」

かおりは一歩も引く気はなかった。

翌朝も、波丘湾はプランクトン洗浄と、監視活動が続いていた。波丘市の大型ショッピングモール『波丘太陽プラザ』では、地鎮祭が行われていた。

「では、波丘市の斎藤信行《さいとうのぶゆき》市長と、波丘樹脂の塚原典雄社長による鍬入れを執り行います」

アナウンサーに呼びかけられて、斎藤市長と塚原社長が鍬入れを始める。

「塚原社長、こちらにお顔いただけますか？」

「こちらもお願いします」

鍬入れを行うふたりを地方紙や地元誌の記者やカメラマンが取り囲む。フラッシュを浴びて、塚原はあちこちにと満面の笑みをふりまいていた。

「ありがとうございました。すべて波丘樹脂さんのおかげです」

地鎮祭を終えると、斎藤市長は塚原に握手を求めた。

「波丘市と我が社は一心同体の関係です。これからもよきパートナーとしてやっていきましょう」

塚原も笑顔で握手を返した。

塚原がショッピングモール内の控え室に戻ってくると、西行寺とかおりが待っていた。

「真実を捻じ曲げるのがあなたの危機対策ですか？」

西行寺は、塚原が控え室のドアを閉めた途端、言った。

「危機対策は既に終わったはずですが」

「火災現場の倉庫には、三種類の工業薬品が保管されていました。ところがあなたは五種類の工業薬品が保管されていたと公表した」

西行寺の言葉に、塚原は失笑だ。

「西行寺さん、企業イメージを守る為に流出を過少申告することはあっても、わざわざ過剰に申告するなんて」

「しかし、あなたはしたんです。別の事故を隠蔽する為に」

西行寺に言われ、塚原はぐっと言葉を呑み込んだ。

「波丘樹脂では工場排水を濾過システムで浄化した後に川へ流していますが、火災の数日前、突然、濾過装置の大がかりな修理が行われました。なぜですか?」かおりは尋ねた。「みんな口が堅くて何も話してくれませんでした。しかし、たった一枚の診断書が、重い口を開かせました」

「……診断書?」

塚原は首をかしげる。

「濾過装置は故障していたんですね。修理を呼んだときにはすでに手遅れの状態だった」

塚原の表情がさっと蒼ざめた。

「故障は火災の十日前に起きており、その間、五種類の工業薬品を含んだままの排水が川に流されていたんです」

かおりは言った。

そう。濾過装置を経て、大量の工場排水が川へ流れていったのだから——。

「本来ならば、すぐに事実を公表すべきでした。しかしできなかった。その汚染はあなたの進退問題に繋がる危機でしたから」

かおりの指摘に、塚原の顔色はさらに血の気を失っていく。

「そんな折、偶然にも薬品倉庫の火災事故が起きました」西行寺が話し始めた。「あなたはそれを、千載一遇のチャンスだと考えた。火災事故の陰に、大量の工業薬品の流出事故を隠そうとしたんです」

「……それは君の憶測に過ぎないんじゃないのかな」

塚原はどうにか声を絞り出す。

「火災調査書を書いた元消防署員の証言も得ています」西行寺はすぐに言い返した。「出火原因も嘘でした。煙草ではなく、濾過装置の故障による工業薬品の自然発火。全面的な会社側の管理ミスだ」

「……会社の為だ……あの事故が知れたら波丘樹脂の信頼は失墜する」

ついに塚原が事故の事実を認めた。

「本当に会社の為でしょうか？」

「信じて欲しい。私は街と共存する企業作りに本気で取り組んできた。波丘樹脂を守ることだけ考えて来たんだ」

塚原が必死の形相で訴えたが……、

「たとえ会社の為だったとしても、一線を越えるのは、許されることではありません」

西行寺はきっぱりと言い切った。


三十年前——。関口家の前にパトカーが停まっていた。たくさんの記者のフラッシュが注がれ、怒号が飛ぶ中、関口孝雄が警察に連行されていく。玄関の前で悔しそうに眼を潤ませているのは十七歳の関口智——現在の西行寺智だ。

「……父さん、何か言ってくれよ！」

しかし、関口は眼を伏せてパトカーに乗り込んでいった。若き日の天童が神妙に見送るが、そこには現在のサンライズ物産社長・坂手、専務・白川もいた。

「お父さんは、会社の仲間の為に一生懸命やってくれた。それだけだ」

天童が西行寺に言った。

「だったらあなたたちは、どうして父さんを助けてくれないんだ！」

高校生の西行寺は納得できずに、天童ら三人の大人を憎悪の目で睨み付けていた。

「塚原さん。あなたはおっしゃいましたよね。危機は企業を成長させるチャンスだと」

　控え室で、西行寺は塚原に言った。

「でしたらこの際、膿をすべて吐き出して、ゼロから企業モラルを立て直すべきです。そこにしか、波丘樹脂の再生はありえません」

「……まさか、すべて公表するつもりか？」

　塚原は青ざめている。

「公表しないで住民を騙し続けるつもりですか？　それが、街と共存する企業のすることですか？」かおりが尋ねた。「さいわい表にたくさんの記者がいましたので、今回の事件の概要を記した資料をお配りしている最中です」

　と、かおりが窓から広場を見るのにつられて、塚原も視線を移した。すると、結城が地鎮祭イベントに集まった記者たちに資料を配布している光景が見えた。塚原は愕然とし、その場に膝から崩れ落ちていった。

「……濾過装置さえ壊れなければ……こんなことには」

　無念そうに唇を嚙みしめているが、

「まだ気づかないんですか塚原さん。濾過装置の故障を招いたのはあなたたなんですよ」

　西行寺は、そんな塚原に言った。

「十年前、濾過装置の故障が引き起こした流出事故のあと、あなたは月一回のメンテナンスを含む様々な安全対策を実行すると約束した。しかし、それが守られたのは一年間だけ。その後はメンテナンスも半年に一回になり、以前通りの杜撰《ずさん》な管理に戻ってしまった。

十年前の事故を本気で反省していたなら、整備業務を徹底して故障も防げたはずです。しかしあなたは会見で約束した安全対策を実行に移さなかった」

かおりも西行寺のその話を神妙に聞いている。

「だから十年前と同じ濾過装置の故障を原因とするトラブルが再び発生した。過去と同じ不祥事がそのまま繰り返されてしまった」

西行寺は改めて塚原の顔を見た。

「そもそもあなたが言う危機対策とは何なんですか?」

西行寺が尋ねても、塚原は無言で何も答えない。

「十年前の流出事故の際には担当役員を辞任に追い込んで、あなたが役員に昇格した。五年前の不正経理問題では社長の責任を追及して、あなたがトップに昇りつめた。あなたにとっての危機対策は、自分の地位を上げる為の手段でしかなかったんじゃありませんか?

あなたの危機対策は見せかけにすぎません。その場をやり過ごすだけでは、企業の危機は何も解決しない」

西行寺は言い切った。

「あなたは、決して危機対策のプロではありません」

数日後、サンライズ物産の社長室で、坂手社長が新聞記事を読んでいた。

『塚原社長逮捕』『波丘樹脂有害物質を含んだ工場排水の流出が発覚』『経営陣は総退陣』『新社長はサンライズ物産から出向か』

坂手の前には、白川専務が所在無げに立っていた。

「たいへんでしたね。あなたと昵懇《じっこん》の塚原さんがあんなことになって」

「責任は痛感しております。住民への補償に関しては私が先頭に立って解決致します」

「後任の社長選びもたいへんです」

「逆風の中にある波丘樹脂を再生する為に、新社長には化学事業本部長の景浦《かげうら》君に行ってもらうしかないかと」

それが、白川が数日間考えた結論だ。

「ああ、それはいい。君の片腕とも言える有能な人間です」

「……はい」

「では、後任の化学事業本部長は私の方で決めることとしよう」

坂手の言葉に、さっと白川の表情が変わる。

「白川専務、私も反省しているんですよ」坂手は言った。「あなたが優秀だからとついつい大きな負担をかけすぎた。この際、化学事業本部の担当を他の役員に譲って、少し身軽になってみてはどうでしょう」

白川はじっと黙り込んだ。

「これからも頼りにしています。何せ我々は、あの事件のどん底から、サンライズをここまで立て直した同士じゃないですか」

自分たちはこれまで互いに共に支え合い、励まし合ってきた。坂手は口ではそう言って、白川に笑いかけたものの……目はけっして笑っていなかった。

かおりが危機対策室に入ってくると、ちょうど西行寺が自分の席を立ち上がり、部屋を出て行こうとしているところだった。

「……また騙されました」かおりはドアロに立ち、西行寺に声をかけた。「波丘樹脂を救うのが仕事だと言いながら、住民のことも救ってくれました」

「まだ何も救えていない。海の浄化だけでも相当な時間と費用がかかる」

さらに西行寺は続けた。

「……一度できた傷は、簡単には消えない」

　数日後、かおりは波丘にやってきた。剛は退院し、浜辺を走り回っている。

「剛もすっかり元気になりました」

　ありがとうございました、と、水江が言う。

「……街の様子はどうですか？」

　かおりは尋ねた。

「社長さんが代わって、なんだか明るくなりました」

　やはり、塚原でなくなってよかったようだ。

「……後は、海ですね」

　かおりは言った。

「大丈夫ですよ。海の力は偉大ですから」水江は笑顔で海を見つめる。「きっと元に戻る。私は信じています」

　はい――かおりはうなずき、海に沈んでいく夕陽を見つめた。


　夜、いつものバーで種子島と結城が飲んでいた。

「西行寺さんは、来ないんすか」

「さあな」

種子島は素っ気ない返事だ。

「種子島さんは、知ってるんすか?」

「何を?」

「西行寺さんが、なんでアメリカのオフィスを畳んで、わざわざ日本に来たのか」

さらに畳みかけてくる結城に、種子島は『関口逮捕』の新聞記事を見つめながら、

「さあな」

と、首をかしげた。


三十年前——西行寺の母、静江が暗い表情で買い物から戻って来ると、西行寺は家の前で級友たちと小競り合いをしていた。

「なんだよ、犯罪者の息子って」

西行寺はムキになって言い返した。

「事実だろう」

なあ? と、級友たちはうなずきあう。

「謝れよ」

西行寺は言った。

「どけよ！」

だが級友たちは西行寺を小突いて塀に叩きつけ、ふん、とバカにするようにして去っていった。悔しそうに唇を噛みしめる西行寺は、そこに立っていた静江と目が合った。

「智……」

家の塀には『犯罪者』『日本の恥』などとスプレーで落書きされている。その夜、静江と智はトラックに乗り込み、逃げるようにして引っ越して行った。

静江が署名捺印して刑務所の関口に送った離婚届は、やがて関口の署名捺印がされ、返送されてきた。

関口は車椅子で眠っていた。

「……智、……智！」

脂汗を流しながら、寝言でうなされている。関口が悪夢からガバッと目を覚ますと、目の前には西行寺が立っていた。

「……お父さん……大丈夫ですか？」

西行寺の手には、関口部長逮捕の新聞記事が握られている。気づいた関口は、その記事にゆっくりと手を伸ばした。

記事を手に取った関口は混乱し、訳のわからない不安に、苦悩の悲鳴を漏らしはじめる。

「……う、うう」

「わかりますか、お父さん。あの事件の記事ですよ」

西行寺は尋ねた。

「……悪夢のような日々でした。あなたが、罪を犯したからです」

「……そんな単純なもんじゃない」

ついに、関口が意味のある言葉を発した。

「……お父さん、思い出したんですか？」

ふりしきる蟬時雨の中、関口と西行寺はまっすぐに見つめ合った。

第五話

二〇一〇年三月。アメリカの場末のバーで、男たちはカードゲームに興じていた。カードがめくられ、結城がニヤリと笑う。

「悪いねえ。俺ばっかり勝っちゃって」

結城は英語で言うと、賭け金を集めてポケットに捻じ込んだ。そしてまた、次のゲームのためにカードをシャッフルする。と、一人の男がその腕を捻り上げ、胸ポケットから、イカサマ用のカードを摑み出した……西行寺だ。

「……あ」

「インチキはよくないねえ」

西行寺が言う。

「……ヤベ」

結城が言うやいなや、結城はゲームをしていた仲間のひとりに殴り飛ばされた。壁に頭を打ってうずくまる結城のポケットから、紙幣をつかみだし、男たちは去っていった。結城は口から血を流したまま、見送るしかなかった。

「……元気そうじゃないか」

西行寺は皮肉交じりの言葉を浴びせる。

「……アンタのお陰でこのザマだよ」

結城も苦笑いだ。

「私のクライアントから機密情報を盗んだのは君だ」西行寺は結城の前に書類封筒を置いた。「君に仕事を頼みたい」

「……なんのつもりだ?」

「オフィスで待っている」

立ち去る西行寺を、結城は床に座り込んだまま、見送っていた。

二〇一五年八月四日。シルバーリゾート葉山の一室に、関口は横たわっていた。

「関口さんは脳梗塞を患って以来、認知症を発症し、急速に進行しています。まだらな記憶は認知症の症状です」

医師が言うのを、西行寺は聞いていた。

「あなたの言葉に反応したのなら、それが関口さんの記憶を蘇らせたのかもしれません」

これまでずっと無反応だった関口だが、先日、過去に自分が逮捕されたときの記事を見て「そんな単純なものじゃない」と、言葉を発した。ただしそれ以降、ふたたび何も言わなくなってしまったのだが……。

「これからも、辛抱強く話しかけ続けることです。それによってまた何か思い出すことがあるかもしれません」

「……ありがとうございました」

医師が去り、部屋には西行寺と関口が残された。関口はベッドで虚ろな目をしている。

「……本当は、忘れたフリをしてるだけなんじゃないですか？　僕が誰なのかも、三十年前の事件のことも」

西行寺は問いかけた。枕元には、関口逮捕の記事が置いてある。けれどもう関口は何も言わない。

「話してください。今さら何を聞いても傷つきませんよ」西行寺はさらに言った。

「知りたいんです、僕は。話してくださいよお父さん」

だが関口は、ただぼんやりと虚空を見つめていた。


その翌日、八月五日、十二時。鳴り響く受話器を、かおりが取った。

「サンライズ物産危機対策室です」

「マーレーン駐在所の佐藤と申しますが、実は昨日から袴田《はかまだ》所長と連絡が取れない状態が続いておりまして」

かかってきたのは、サンライズ物産マーレーン駐在所からの国際電話だった。現地人スタッフが数名働くオフィスで、駐在所員の佐藤春樹《はるき》が、所長の袴田明《あきら》の姿が見えないと電話をかけている。佐藤の前に開かれているのは社長通達メール『危機対策室開設にあたって』だ。

「何かトラブルに巻き込まれているということでしょうか？」

かおりは尋ねた。

「あ、いえ、いえ、そんな大ごとではなく、通達に準じて一応連絡してみただけでして……心当たりを探してみます」

「では、何か問題が生じましたら、また連絡お願いします」

かおりはそう言って電話を切った。


八月五日、十三時。佐藤は生活資材事業本部天然樹脂部にも電話をかけていた。

「サンライズ物産生活資材事業本部です。ああ、マーレーンの佐藤君か……え？　急な商談とかじゃないのか？　奥さんに連絡は？」

袴田と連絡が取れていないと知っても、生活資材事業本部の社員は意に介することはない。

「確認してみます。そちらも何かわかったらお報らせください」

　佐藤は答えた。

「もちろんだよ。そっちも何かわかったら報《しら》せてくれ」

　生活資材事業本部の社員が電話を切ると、窪塚徹《くぼづかとおる》・事業本部長が、どうした？　と歩み寄ってきた。

「マーレーンの袴田所長が昨日から連絡が取れないとかで」

「袴田君が？　今は単身赴任だよな。暑さでダウンしたんじゃないのか？　まあ、向こうの暮らしも長いから、彼なら大丈夫だろ」

　この段階では、窪塚はまだ呑気に構えていた。


　八月五日、十九時。佐藤は日本にいる袴田の妻、美沙《みさ》へと電話をかけた。日本との時差は二時間なので、マーレーンは今十七時。とはいえ、さすがにこの段階で連絡が取れていないのは、いくらなんでも長すぎる。

「袴田ですが……ああ、佐藤さん？　いつも主人がお世話になってます。え、連絡？　しばらくありませんが……何かあったんでしょうか？」

　ここのところ、夫が家に毎日電話をかけてくることもないのでそう気にしてもいなかったが……。

「いや、ちょっと連絡がつかなくって、タイ出張が今週だったのかなあ。確認してみます。突然の電話で失礼致しました」

佐藤が電話を切る音がした。美沙も受話器を置いて、ゆっくりと振り返った。そこには袴田と美沙の結婚写真が飾ってあって、十年ほど前のふたりの笑顔と目が合ったけれど——。

翌日、八月六日、十一時。警備員が危機対策室に、坂手社長宛ての国際郵便物を持ってきた。汚れた封筒に、『air express』と『for your eyes only』の文字がある。

「坂手社長宛ての不審郵便物ですか」

かおりは結城と財部と三人で、郵便物を取り囲んでいた。

「for your eyes only……最重要機密ねぇ」

白手袋をした結城は、封書を慎重に手で触り、匂いを嗅いだりしている。

「差出名はなし、消印は、マーレーン？ ああ、天然ゴムの産地の」

財部が表書きを見ている。

「……え、マーレーン？」

かおりは昨日の電話を思い出した。

「ま、爆発物ってことはなさそうだ。開封しちゃうよ」

結城は離れたデスクで書類をまとめている西行寺を見た。財部も、西行寺さん？と声をかけて、開けていいかどうか確認を取っている。

「君たちに任せる」

西行寺は近づいてこない。

「怖いんですね」

かおりは呆れ顔だ。

「……忙しいんだ。まとめなきゃならない書類がある」

西行寺がそう言い張るので、結城がハサミで封筒を切っていく。中から出てきたのは……。

「眼鏡ですかあ、ひび割れてますね」

結城はいつものように軽い口調ではあるが、手つきは慎重だ。

「あ、写真も入ってるよ」

写真は、眼鏡をかけた男性だ。

「この眼鏡はこの人のものですかね」

財部が言った。

「うちの駐在所の人かも知れません」

かおりは写真を手に取り、パソコンで社員名簿を調べはじめた。

「……やっぱり……袴田所長です」

それはやはりマーレーン駐在所の袴田だ。

「あ、写真の裏に何か書いてありますよ」

財部が写真を結城に渡す。

『TIME LIMIT 72 HOURS』」

結城は写真の裏の英文を読み上げた。

「制限時間七十二時間？」

「日本時間で八月四日十二時撮影ねえ」

「わざわざ日本時間で撮影日時を？」

結城とかおりが首をかしげているところに西行寺がやってきた。

「犯人からのメッセージかもしれない」

写真を手に取り、英文を見ながら言う。

「犯人？」

かおりは眉をひそめた。

「誘拐事件では、七十二時間を境に人質の生存救出率は著しく低下すると言われている」

西行寺は言う。

「つまり、袴田所長は、誘拐された？」

「……ご家族に連絡しろ」

すぐに西行寺がかおりに言った。

一時間後には、連絡を受けた袴田夫人の美沙が危機対策室にやってきた。

「……間違いありません。主人の眼鏡です」

結城に差し出されたひび割れた眼鏡を見て、一気に緊張の表情を浮かべる。

「主人が、誘拐されたってことでしょうか？」

「その可能性が高いです」

西行寺は写真裏のメッセージを美沙に見せた。

「タイムリミット七十二時間？」

「このメッセージからは、七十二時間後には人質の命はないという悪意も読み取れます」

「……殺されるってことですか？」

「……なんとも言えません」

「西行寺さん、そんな言い方」

かおりが美沙を気にして言ったが、

「タイムリミットは撮影時刻の七十二時間後。つまり日本時間の八月七日十二時ということになります」

西行寺はかまわずに言う。

「今が八月六日の十二時だから、たったの二十四時間後っすよ」

結城が渋い顔つきで言った。

「それまでに救出できないと主人は……」

美沙は青ざめている。

「警察に連絡しましょう」

すぐにかおりが言ったが、

「無駄だ」

西行寺は却下した。

「え」

「海外の誘拐事件では、日本の警察は何もできない」

「では、現地の警察に連絡を」

「危険だ」

「え」

「駐在所のある地域は共産ゲリラの勢力圏内だ。現地警察との関係も深い。もし誘拐犯が共産ゲリラだったとしたら、警察からこっちの情報が犯人側に筒抜けになる」

「では、外務省に。現地の総領事館は――」

「領事館にやれることはマーレーン政府を通しての情報収集。誘拐への対応は何もできない」

　西行寺とかおりがやりとりをしていると、

「それじゃあ、誰が主人を救ってくれるんですか？」

と、美沙が悲痛な声を上げた。そうだ、誰が袴田を救うというのだ、と、そこにいた一同が、いっせいに西行寺を見る。

「……我々危機対策室が対処にあたるしかありません」

　西行寺は答えた。

「……あなたたちが？」

　美沙が西行寺を見た。

　かおりも、だ。

「本気ですか」

「危機に陥った人間を救うのが我々の仕事だ」

　西行寺は言う。

「あなたたちだけで……主人を助けられるんですか？」

美沙は改めて尋ねた。

「正直わかりません。状況も摑めていない状態ですから」

西行寺はあくまでも正直な気持ちを口にした。美沙やかおりも不安げだ。

「対処の遅れは人質救命の致命傷になります。非常時態勢で臨みたい。坂手社長に連絡を」

「それが弱ったことに、坂手社長は今、リオデジャネイロへ向かう機内におりまして」

財部が手帳を見て言った。

「到着次第すぐに引き返すよう伝えてください」

西行寺が指示したが、

「リオだと、タイムリミットまで間に合わないかもよ」

微妙だなあ、と、結城は首をひねっている。

「社長不在時の執行責任者は、代表権のある白川専務です」

財部は言った。

「白川専務はどこに？」

西行寺が尋ねると、財部は再び手帳を開いた。

「それがまたさらに弱ったことに、白川専務も京都で、大きな商談の予定が入っていまして――」

「人命にかかわる案件だ。すぐ連絡してください」

「はい」

財部はすぐに電話をかけ始めた。

「マーレーンからの通信はすべてこっちへ回してもらえ。現地の状況も詳細に探ってくれ」

西行寺の指示に、結城が、了解、と言う。

「種子島君にはマーレーンへ飛んでもらう。神狩君は駐在所の事情がわかる人間をここへ」

「……わかりました」

かおりは美沙の様子を気にしつつ、西行寺の指示に返事をした。

八月六日、十三時。結城が、電話自動録音機や、電話用スピーカーをセッティングしている。

「白川専務と連絡が取れました。既に新幹線の車中でしたが、名古屋で降りて引き返して来るとのことです」

財部が、西行寺に報告する。

「……わかった」

「マーレーンの駐在所から、現地の情報も届いてるよ」

結城のパソコンには、ゴムの密林や海岸風景等の現地の写真と、言語圏で区分けされたマーレーンの地図が届いている。それを、かおりと、かおりがここへ呼んできた窪塚生活資材事業本部長が見ていた。

「マーレーンは東南アジアの島国で、英語圏、フランス語圏、中国語圏などが入り混じる天然ゴムの産地です。窪塚本部長、日本からの移動時間は七時間、時差は二時間でしたよね」

かおりが窪塚に尋ねる。

「ああ、駐在所にいる日本人は袴田君と佐藤君のふたりだけだ。ゴムの伐採や加工の現場で、現地従業員とのトラブルも多い中、よくやってくれてるよ」

「僻地中の僻地の駐在所ということですか」

財部が尋ねた。

「実は昨日の時点で、連絡が取れないとの報告があがっていたんだが」

「なぜそれに対応しなかったんですか？」

今度は西行寺が尋ねた。

「海外支社ではよくあることなんだよ。私も経験したが、社員がふたりしかいないんじゃ、連絡が取れないなんて話はざらでね」

窪塚は困惑した顔つきで答えた。マーレーン駐在所は、社員は袴田と佐藤以外は現地人スタッフだ。

「……でも窪塚さん、もう丸二日連絡がないんですよ」

「……こちらは？」

窪塚はかおりに尋ねた。

「……袴田所長の奥さんです」

かおりの答えを聞き、窪塚は気まずそうに、ああ、と目を逸らした。と、そのとき、電話が鳴り響いた。ディスプレイに『国際電話　ｆｒｏｍ　マーレーン』の表示が出る。

「マーレーンからの国際電話だよ」

結城の言葉に、その場にいた一同が緊張に身を引き締めた。

「じゃあ、神狩君、マニュアル通りの対応で頼む」

「……え、私が？」

かおりは西行寺の言葉に、驚き顔だ。

「いくつもの言語が入り混じる国なんだろ。君の語学が生きる。犯人を刺激しないよう常に冷静な対応を心掛けること。最初の電話で肝心なのは人質の生存確認だ」

「……はい」

かおりは緊張しながら受話器を取った。

「お電話ありがとうございます。サンライズ物産東京本社でございます」

かおりが英語で対応すると、

「坂手社長にかわれ」

犯人も英語で命令してきた。危機対策室にいる一同は電話用スピーカーで聞いている。

「申し訳ございません。坂手は外出中でして、ご用件は秘書の私が——」

「袴田所長を誘拐した。眼鏡と写真は届いてるな」

犯人はさっそく言った。部屋全体に緊張が走る。

「誘拐とおっしゃられましても……どちらからおかけでしょうか？」

尋ねたが、犯人の反応はない。

「せめて、袴田本人の声をお聞かせ願えませんか」

まだしばらく、犯人の沈黙が続いている。

「もしもし聞こえてますか？　袴田本人の声を——」

かおりが言うと……、

「袴田です」

受話器の向こうから日本人男性の声が聞こえてきた。

「マーレーン駐在所の袴田所長ですか？」

かおりが問い返す。

「……ああ、そうだ」

「今、どういった状況ですか？」

「今はふたりの男と一緒に――」

と、聞こえかけたところで、電話は切れた。

「……切られちゃいました」

かおりは振り返った。

「人質の声が聞けただけでも上出来かもねえ」

結城が言う。

「犯人から次の連絡があるまでにやれることをやるしかない。我々に残された時間はあと二十三時間だ」

西行寺の言葉に、みんな表情を引き締めた。

八月六日、十五時。

「袴田です」「……ああ、そうだ」「今はふたりの男と一緒に――」

危機対策室では、再生通話音声で、繰り返し袴田の声を聞いていた。

「風の音が強くて聞きづらいねえ。サイレンのような音も邪魔してる」

声がわかりにくいと結城が顔をしかめたが……、

「……主人の声です」

美沙はきっぱりと言った。

「本当に間違いありませんか？」

西行寺がもう一度、念を押す。

「奥さんがそう言っているんですから」

かおりは、美沙の気持ちを気にするが故に、西行寺のキツイ言い方が気になってたまらない。

「人間は動転していると先入観からそう思い込む場合もある」

西行寺は容赦ない。

「……おそらく主人で間違いないかと」

美沙は言い直した。

「どうですか窪塚本部長」

袴田は窪塚に尋ねた。すると窪塚はしばらく考えてから答えた。

「なんだか妙に掠れてるし、袴田君にしちゃ声が低いような」

「そんなことありません」

けれど美沙は、否定した。

「どっちにしても声だけじゃ不充分だ。たとえ本人の声だったとしても、録音されたものかもしれない」

西行寺は言う。

「犯人が袴田所長を拘束していない可能性があると？」

財部が新しい見解を口にする。

「たしかに眼鏡だって同じものを買えば済む話だよね」

結城がふむふむとうなずく。

「偽装ってことですか？」

かおりが尋ねた。

「……既に殺害されているという可能性もある」

西行寺が、身の毛もよだつようなことを言う。

「……そんな」

かおりは慌てて否定したが、

「楽観できる状況じゃない。冷静に分析する必要がある」

西行寺は冷静にあらゆる角度からものごとをとらえているだけなのだ。と、パソコンのアラート音が鳴った。

「社長室から不審メールが転送されてきたぞ」

結城が声を上げた。

「犯人からのメールですか?」

財部が声を上げると、結城も緊張気味にうなずいた。そして、英文で書かれてあるメールを読み始めた。

『我々の要求は、身代金一千万ドル』

「一千万ドル……」

かおりは青ざめた。

「日本円で十億円じゃないですか」

財部も驚いている。

『そして、サンライズ物産マーレーン駐在所の撤退だ』

結城がさらに読み上げる。

「悲観する必要はない。要求が来たからには対処のしようもある。神狩君、できる限り要求に応える意志があることを、メールで犯人に伝えておけ」

西行寺は冷静に言った。かおりが、はい、と返事をする。

「ただし、人質の無事が確認できなければ社としては動けない。そう書き添えて、袴田所長の無事を確認できる映像を送ってもらえるよう交渉しろ」

「わかりました」

「けど弱ったねえ。十億なんて大金に、駐在所撤退でしょ。こんな反資本主義的要求じゃ、ゲリラ犯の線が濃厚だよ」

結城がため息をついた。

「ゲリラ犯なら地元警察には頼れませんか」

財部の言葉に、美沙はさらに不安顔だ。

「それで窪塚さん、身代金に関してですが、生活資材事業本部で現金を工面することは可能ですか？」

「……十億はでかすぎる……保険で対応できる額じゃない。ましてマーレーン駐在所の撤退なんて呑めるはずがない」

窪塚の言葉に、美沙は心底がっかりした表情を浮かべている。

「でも、人質の命がかかっているんですよ」

かおりが美沙の気持ちを察して言う。

「それで人質が解放される保証があるのか？　そもそも生きているのかもわからないんだろう？」

「窪塚本部長、それはあんまり――」

「いや、窪塚さんのおっしゃる通りです」

西行寺はかおりの言葉をすぐに遮った。

「西行寺君、なんとか人質解放の条件を下げてもらうよう交渉できないか。今のままではうちの部の手に負えない」

窪塚が言う。

「……お考えはよくわかりました」

西行寺が言ったところで、財部の携帯にメールが入った。

「白川専務が戻られたようです」

「……わかった」

危機対策室を出て行く西行寺を、美沙は不安げに見送った。

「大丈夫ですよ。白川専務ならきっと社員を守ってくれるはずです」

かおりはそう言ったのだが、かおり自身も不安でならなかった。

二〇一〇年四月、Saigyoji Crisis Containment Office——。

「……スパイ退治は終わったよ」

結城は報告書を差し出した。

「……さすがだな」

西行寺が言う。

「……仕留めた相手は俺を見捨てたクライアントだった。どういうつもりだ？　俺はあんたが仕組んだリベンジマッチにまんまと乗せられたって訳か？」

結城が尋ねても、西行寺は何も答えない。

「……教えてくれよ。アンタと敵対して罪に手を染めた俺を、なんでわざわざ雇った？」

結城が言うと、西行寺はようやく口を開いた。

「……君が優秀だからさ。ひとりで罪を背負わされ、何もかもを失ったままにしておくにはもったいない」

二〇一五年八月六日十六時。西行寺は専務室に白川を訪れていた。

「袴田君には苦労ばかりかけているな」

白川が言う。

「現地の資料を見ましたよ。ゴムの木が茂る未開の密林にあるオフィス、ほかに日本人は部下の佐藤さんだけ」

そう。マーレーン駐在所はここ数年ふたりだけだ。

「メーカーですら危険だからと人を出さない秘境ですからね。しかし我々にはゴム資源を確保する使命があります。そうしなければタイヤもビルの耐震装置も作れません」

専務秘書の逢沢が言う。

「結局、危険な場所に踏み入るのは商社の仕事になる」

西行寺が言った。

「ああ」白川がうなずいた。「他社や他国との競合の中で、使命を果たす為には危険な橋を渡る人間も必要だ……かつて我が社でも天然ガスの採掘権確保の為に、罪に手を染めた人間もいた」

それというのはつまり……。西行寺の脳裏に、三十年前の関口逮捕の新聞記事がよぎる。

「それも商社の宿命だ。エコノミックアニマルと呼ばれようがね。政財界や経産省も何とかしろとせっついて来る。そんな中で、善と悪の境目が見えなくなることもある」

白川の言葉を聞いていると、逮捕されていく関口と、見送っている天童、坂手、白川……そして、その三人を憎悪の目で睨み付けている十七歳の自分自身の姿が蘇ってきた。

「でも私は、そういう社員を守るのも会社の仕事だと思っている」

白川は言った。

「……それで、犯人の要求に対する白川専務のお答えは?」

西行寺は尋ねる。

「もちろん、救出に全力を尽くす」

白川は答えた。

「具体的な回答が必要になります。十億円もの身代金と、マーレーン駐在所撤退要求……どうします?」

「……君ならどうする?」

「私は可能な選択肢を提示することしかできません。それを選ぶのはあなたです。あなたの判断で、会社と人質の運命が決まります」

西行寺が答えると、白川は逡巡しはじめた。西行寺はそんな白川をじっと見ていた。

午後十七時。美沙は会社の談話スペースに座っていた。

「少しは召上ってくださいね」

そこにかおりが飲み物とパンを持って行ったが、当然、美沙の食欲はない。

「それは?」

かおりは、美沙の手元にある写真に気づいた。

「……主人の情報が欲しいって言われたから。写真、これくらいしかなくて」

それは袴田と美沙の結婚写真だった。

「このときはこんなことになるなんて思いもしなかった」美沙はふっと投げやりな表情を浮かべた。「商社マンと結婚できて私は浮かれてたの。海外赴任の話にも夢を描いてた。ニューヨークやパリや上海やシンガポールでの、優雅な暮らしを想像してた。まさか密林に囲まれた家で、銃を持った守衛に警護されながら、たったひとりで主人の帰りを待つ日が続くなんて」

結婚していきなりマーレーン駐在だなどとは、想像もしていなかったのだろう。

「……売れる物があれば、地の果てまでも踏み入って、買い付けにいく、それが商社ですから」

かおりは言った。かおり自身、突然の危機対策室勤務は想像していなかった。

「でも私は耐えられなかった。現地の言葉はわからないし、話し相手は主人だけ。それも夜遅くでなきゃ帰って来ない……子どもでもいたら違っていたのかもしれないわね」

袴田と美沙には子どもができなかった。それもまた計算外だったのだろう。

「だから、おひとりで日本に戻られたんですか」

「四年の約束だったのに、窪塚さんからもう一年頼むって言われて、それでもう一年頑張って、そしたらまたもう一年頼むって。それが、どんなに絶望的な宣告だったか……会社ってなんなんでしょうか」

美沙の、誰宛てというわけでもない問いかけに、かおりは何も言い返すことができなかった。

「そのとき、気持ちの糸が切れたの。会社をやめてって主人に頼んだけど、できないって言われて……離婚するつもりだった……なのに、今、あの人をこんなに心配している自分がいる。どうしてずっとついてあげられなかったのかって、後悔している自分がいるんです」


時計は十七時五十分を示していた。

「袴田さんの声の背後で聞こえてたのは消防車の音っすね」

危機対策室にいた結城は、マーレーンの佐藤と電話で話していた。

「だったら今日の十三時前後に起きた火災と、消防車の経路を調べて、アジトの場所を探れないでしょうか？」

佐藤が言った。

「消防はまずいっすねえ。消防に連絡すると、警察に繋がる恐れがあるんですよ」

じゃあまた連絡します、と、結城は電話を切った。かおりはそれを心配そうに聞いている。

「そろそろ犯人から連絡が来る時間ですね」

時計を見た財部が言った。

「……あの人、どうなってしまうんでしょうか」

この部屋に戻ってきた美沙は、憔悴しきっている。

「……窪塚本部長、もともと袴田所長は四年で戻れる約束だったんですよね」

かおりが美沙の気持ちを代弁するように、近くにいた窪塚に尋ねた。

「……悪いと思ってるよ。後任が見つからなかったんだ。みんな腰が引けて、袴田君のような侍がいない」

「主人だって勇んで行ったわけじゃありません。工場と駐在所を作る為に、まず道路を作るところから始まって、現地住民に便宜を図れと脅されて、水道や電気も通してあげて……九年です。もう九年になるんです……その主人が命の危機にあるっていうのに、会社は助けてもくれないんですか!?」

美沙が身を乗り出す。

「……いや、助けないと言っているわけじゃない……次の異動で今度こそご主人を本社に戻すよう努力します」

「……万が一のことがあったら、それも実現できないじゃないですか」

美沙の言う通りだ。窪塚が何も言えずにいると、西行寺が専務室から戻ってきた。

「西行寺さん、どうでした？」

かおりが尋ねる。

「白川専務は人質救出に最善を尽くすとおっしゃった。明朝、銀行が開き次第、マーレーン駐在所に十億円送金します」

「おおっ」

結城が声を上げる。

「……本当に？」

美沙の目に驚きと希望の光が宿る。

「駐在所の撤退要求にはどう応えるんですか？」

財部が西行寺に尋ねた。

「さすがにそこは簡単にはいかない。まず身代金と人質の交換を優先する。犯人との交渉は信頼関係が重要だ。くれぐれも慎重にな」

「……わかりました」

かおりが答えた。

そして数分後——八月六日十八時。マーレーンからの国際電話が鳴った。

「……サンライズ物産東京本社でございます」

かおりが英語で出る。

「社長は戻ったか」

犯人もふたたび、英語でのやりとりだ。

「申し訳ありません。向かってはいるのですが、まだ」

「まだだと？　おまえら状況を理解してるのか？」

「いえ、社長も心配しています。十億円も明日、現地の口座に振り込むよう指示が来ました」

「駐在所も撤退するんだな」

「その件ですが、駐在所撤退には、役員会と株主の承認が必要で、すぐには決められません。まずは身代金と人質の交換を優先させていただけないでしょうか？」

「ふざけるな！」

犯人がどなり声を上げた。

「ふざけてません！　袴田を助けたいだけです！」

かおりもここは譲れない。

「だったら俺たちの言うことを聞けばいい！」

「そのための努力はしています！　ただ時間が必要なんです！」

「いつまで引き延ばすつもりだ！　人質が殺されてもいいのか！」

「待ってください！　殺してどうなるんですか！　あなたたちの目的はお金と駐在所撤退ですよね？　とにかく人質の解放を優先させてください」

かおりも声を荒らげたところ、言葉を遮るように、電話の奥でバーン！　と、銃声が鳴り響いた。

「……え」

かおりをはじめ、危機対策室全員がしんと静まり返った。

「おまえは信用できない。今後は社長以外とは交渉しない。次の電話に社長が出なければ人質の命はない」

犯人も興奮気味だ。

「待ってください」

かおりは必死で言ったが、電話は切れてしまった。

「……まずいね。犯人を怒らせちゃったよ」

結城がおちゃらけたような口調で言う。

「今の銃声はなんだったんでしょうか？」

財部が尋ねた。

「我々への威嚇かもしれないし、人質へ向けたものかもしれない」

西行寺が言う。

「もしかして主人が——」

美沙はもっとも言いたくないことを口にしようとして、黙り込んだ。

「神狩君が大きな声を出したことで、緊張状態にある犯人を刺激した」

西行寺の言葉に、かおりも美沙も青ざめた。


二十一時。危機対策室にいる全員に、疲れ切った空気が漂っていた。

「連絡来ませんねえ」

財部が言う。

「犯人だって要求を達成したいはずなのになあ」

結城も苛ついた表情を浮かべている。

「本当は、誘拐なんて嘘だってことはありませんかね」

「まあね、袴田さんの映像を見せて欲しいという要請も犯人は無視したままだしな」

財部と結城はうなずきあっていた。

「……でも、だとしたら、主人はどこに」

美沙は今にも泣き出しそうな表情を浮かべている。

「フラッとひとりでどこか出かけたのかもしれないよ。鬱になって連絡が取れなくなるってのもよくある話だ」

窪塚が気楽な雰囲気を装って言ったが、美沙もかおりも西行寺も納得していない。と、パソコンのアラート音が鳴った。

「来たぞ。社長室から、マーレーンのメールの転送だ」

結城の言葉に、一同に緊張が走る。結城がメールを開くと、英文書面が現れた。

「犯行声明だ」

「犯行声明？」

かおりが繰り返して尋ねた。

「『サンライズ物産はマーレーンの産業植民地化を目論む侵略者である。我々は革命の為に袴田所長を誘拐した。人質解放を望むなら、現地駐在所撤退を表明し、身代金一千万ドルを用意しろ』」

結城が読み上げたのを、西行寺は後ろからのぞきにきた。

「……首謀者のサインもあるな」

「首謀者のサイン？」

かおりがもう一度尋ねる。

「共産ゲリラ犯の特徴だ。このサインについても調べてくれ」

西行寺は言った。

「マーレーン駐在所に問い合わせてみます」

財部が言う。

「……あ、画像も添付されてるよ」

結城が開くと、パソコンには動画が映し出された。Tシャツトランクス姿の男が縛られて蹲《うずくま》っていた。わずかに動いたその男は、痣《あざ》だらけの袴田だ。衰弱した袴田の姿がアップになって映像は途切れる。

「……あなた」

美沙が泣き崩れた。

「袴田さんで間違いないようだな」

西行寺が言うのを聞いたかおりはいたたまれず、廊下へ出て行った。

二〇一三年九月。Saigyoji Crisis Containment Officeのパソコンには動画画像が映っていた。

キャミソール姿の米国人少女ケイトの口元からは、血が流れている。平手で顔を殴られ、絶望に歪む顔で、画像は止まっていた。西行寺と結城は眉をひそめながら、その動画を見ていた。

「こんな映像が犯人から……」

結城はいたたまれない表情で言った。

「ああ。警察には絶対報せるなという脅しのつもりだろう」

種子島が外から報告の電話を入れてきた。

「おそらく誘拐犯は素人の男性。共犯者もいない単独犯だ。身代金も犯人本人が取りに来る」西行寺がジュラルミンケースの身代金を確認した。「依頼者の父親の要望はただひとつ、娘の解放」

「本当にひとりで大丈夫ですか？　いくら犯人がそう希望したからって、危険すぎますよ」

結城が西行寺に言った。

「相手は素人だ。大勢で追い詰めたら何をするかわからない」

西行寺が答える。

「……そろそろ誘拐発生から七十二時間だ。頼んだぞ」

種子島が言うと、西行寺は、ああ、と返事をして立ち上がった。


八月六日二十一時半。サンライズ物産本社の廊下を歩いていた西行寺は、ふと足を止めた。

「……何をしている？」談話スペースの椅子に、かおりがひとりで座っていた。「奥さんは別室で休ませた。窪塚さんは生活資材事業本部で待機してもらっている」

「……すみません。犯人を刺激してしまいました」

かおりは今ずっと、ひとりで、落ち込んでいた。

「……奥さんを思いやるあまり君は感情的になった。その思いやりが状況を悪化させた」

「……私、昨日マーレーンから電話を受けていたんです。こんな大ごとだとは思いもしなくて、報告もあげませんでした……それも私のミスです」

「……君が反省すれば、人質が助かるのか？」

西行寺は問いかけた。

「……そんな暇があるなら、君にできることを全力で考えろ」

無駄ではないことをすべきだ。西行寺はそう思っている。

「どうしたらいいんです？　坂手社長が戻るのは早くて明日の朝ですよ。なのに犯人は次の電話に社長が出ないと、人質の命は保証しないって……」

かおりは混乱していた。

「……犯人だって、追い詰められてるさ」

西行寺はそれだけ言うと、歩き去った。

二〇一三年、アメリカの表通りの廃屋のビルに、西行寺は身代金が入ったジュラルミンケースを手に、やってきた。

「金をそこに置いて、大通りへ向かえ」

犯人は西行寺に携帯で指示をしている。

「……わかった」

西行寺は通りにジュラルミンケースを置き、歩き出した。

「もっと早く歩け。振り返らずにまっすぐ歩け」

犯人からの指示を聞きながら、さらに歩調を早める。

「……人質はどこだ？」

携帯で話しながら、西行寺は尋ねた。しかし、犯人からの答えがない。

「……人質はどこだ!?」

さらに問いかけても、受話器の向こうからは答えが聞こえてこない。

「おまえを警察に突き出すつもりはない。だから教えてくれ！　おまえしか知らないんだ。人質はどこだ!?」

そこで携帯電話は切れた。振り返ると、ジュラルミンケースは消えていた。そして、怯えた様子の犯人が鋭く周囲に目を走らせ、ジュラルミンケースを手に廃屋ビルへ駆け込んでいくのが見えた。

「……っ！」

西行寺も慌てて走り出した。

八月六日二十二時。危機対策室では結城が袴田の映像を解析していた。

「後ろの壁を見る限り、監禁場所はコンテナ倉庫ですね。駐在所に現地のコンテナ倉庫のリストアップを頼みます」

と、パソコンに向かう。

「犯人のあの電話からは、もう四時間ですか」

財部が時計を不安そうに見たところに西行寺の携帯が鳴った。

「ああ、種子島君、ようやくそっちに着いたか」

サンライズ物産マーレーン駐在所に到着した種子島からだ。

「現地のスタッフにいろいろ頼んだところだよ。けど、マーレーンの暑さは尋常じゃないねえ」

ただでさえ体格がいい種子島は汗だくだ。タオルで汗を拭った種子島の眼前には、たくさんの資料が並んでいる。

「今、社内のトラブルを洗っている。会社の金を盗んだり、備品を横流ししてクビになった従業員も多いらしくて、会社を逆恨みする輩も多いらしい」

「ゲリラ犯の線が濃厚だと伝えたはずだが」

西行寺が尋ねた。

「それが、犯行声明にあったサインとゲリラの幹部の名前のサインを照合したら、スペルが間違ってんだよなあ。普通間違えるか自分の名前」種子島は言った。「ひょっとするとひょっとするよ」

スピーカーから流れてくる種子島の声を、かおりと結城、財部も聞いている。

「つまり、ゲリラの犯行ではないかもしれないと?」

財部が言った。

「そっちの線も追ってみよう。それと西行寺」

種子島が言う。西行寺がぴくりと顔を上げると……。

「……いや、なんでもない」

種子島は含みを持った目で言った。

二十三時。結城はひびわれた眼鏡の指紋検出作業をしていた。

「出ますかねえ」

財部が見守っている。

「ゲリラ犯なら誘拐のプロだ。指紋を残すヘマはしない。けどゲリラじゃないなら素人だ。指紋が出てもおかしくないよ」

結城は真剣に作業を続けた。

「ほらね」

「……出たんですか？」

かおりが尋ねる。

「指紋は三つある」

結城は指紋をテープシートに写し出していった。

「三つですか」

「ひとつは袴田さんのものだよ」

「残るふたつは」

かおりは問いかける。

「犯人ふたり組の指紋かも知れません！」

そう言ったのは財部だ。結城は指紋データをパソコンに取り込んでいく。

「種子島君に連絡して、現地でトラブルを抱えている社員の指紋を採取できないか、聞いてくれ」

西行寺が指示をする。

「なんとしても採取していただきます」

財部が真剣な顔つきで言った。

さっそく、サンライズ物産マーレーン駐在所のオフィスに電話をかけた。

「いや指紋って言われてもさ、問題のある社員だけでもものすごい数だぞ。まあやれるだけやってはみるが」

サンライズ物産本社の危機対策室のみんなは、電話スピーカーから流れる種子島の声を聞いている。

「ロッカーや持ち物から指紋をかき集めるとしても、あと十三時間じゃ無理があるよなあ。もっと犯人の手掛かりがあればなあ」

「とにかくよろしくお願いします」

財部はそう言って電話を切った。

「手掛かりねえ」

結城はため息だ。

「……この際、地元警察に協力を要請しませんか？」かおりが提案する。「犯人が素人なら、ゲリラでないなら、地元警察の協力も頼んでいいはずです。そうすれば犯人像の絞り込みも進みます。消防車のサイレンの情報からアジトの特定もできるんじゃ——」

「だが、すべては希望的憶測に過ぎない」

西行寺がすぐに遮って言った。

「地元警察の応援を頼むには、ゲリラ以外の犯行だという確証が必要だ。確証なしに迂闊な行動に出て、人質が殺されでもしたら、その命は永遠に戻らない」

「……はい」

かおりが西行寺にうなずいたとき、電話が鳴った。マーレーンからの国際電話だ。

「犯人からと思われます」

財部が言う。かおりは緊張の面持ちで、西行寺の目配せを合図に、受話器を取った。

「サンライズ物産東京本社でございます」

「坂手社長にかわれ」

「しかし、まだ坂手は……」

「だったら人質の命はこれで終わりと思うんだな」

犯人の言葉に、かおりの動揺が増す。結城と財部にも緊張が走ったが、西行寺がさっとかおりに歩み寄っていった。西行寺はかおりに視線で合図を送る。

「……あ、たった今、坂手が戻りました」

かおりははっとして、西行寺に受話器を渡す。

「……社長の坂手だ」

西行寺は英語で電話に出た。

「駐在所の撤退はどうなった？」

犯人が尋ねる。

「今すぐは無理だ。駐在所撤退を約束するという書類をそちらに送る」

「ダメだ。信用できない。袴田所長を射殺する」

犯人の言葉に、かおりたちが青ざめるが……。

「会見で撤退の意志を世界に発信する。それでどうだ？」

西行寺が提案した。

「いいだろう。だが、タイムリミットまでにそれを確認できない場合、袴田所長は命を失うことになる」

そこでプツンと電話は切れた。

「……なんとか首の皮一枚残りました」

財部が言う。

「でも、どうすんだよ記者会見なんて。やっちゃったら本当に撤退しなきゃならなくなるよ」

結城は困っている。

「……白川専務に打診してみるしかない」

西行寺はまた専務室に行こうとしていたが……。

「あのぉ、電話を聞いてて気になったことがあるんですが」

と、かおりがみんなに言う。

「犯人の発音です。どうもHを発音していないように感じるんです。袴田さんをakamadaと発音しているように聞こえるんです」

かおりはそこで、ハッと犯行声明文に見入った。

「この声明文もそうです。Hが抜けて、袴田をakamadaと表記しています。Hを発音しないのは、フランス語の特徴です。マーレーンは多言語国家です。犯人はフランス語圏の人間じゃないでしょうか。そこから犯人を絞り込めるかもしれません」

「そんなんでうまくいくなら苦労はしないよ！」

結城は焦り始めている。

「……タイムリミットまであと十二時間ですか」

袴田も時計を見ている。

「……とりあえずやってみよう。種子島君に連絡しろ」

「……はい！」

西行寺に指示を出され、かおりはすぐにマーレーンに電話をかけた。

すでに日本時間で日付がかわり、八月七日になっていた。

サンライズ物産マーレーン駐在所では、種子島が信頼できる現地オフィススタッフとともに、ロッカーやコーヒーカップや、作業ヘルメットなどから指紋採取作業を行っていた。

「ほかにフランス語圏の人間の持ち物はないのか」

種子島が言い、

「こちらもお願いします」

佐藤が、さらに運び込まれた工具や電動具、事務用品などの採取作業を進めていく。

時間は日本時間の午前二時だ。

午前三時。西行寺と白川は、サンライズ物産本社の専務室で、険しい様子で佇んでいた。

午前四時。結城は危機対策室でパソコンに転送された指紋データと、眼鏡の指紋との照合作業を続けている。

「どうですか結城さん」

財部が尋ねる。

「ダメだ。残りふたつと一致する指紋データはまだ届いてない」

結城が答える。西行寺はじりじりしながら時計を見た。

「あと八時間ですか」

財部が尋ねたとき、パソコンがアラート音を鳴らした。

「新しい指紋データが届きましたよ」

のぞきこんだ財部が言うと、結城は「ああ」とうなずいて照合作業を続けていった。

「おお……！」

そして、昂揚した声を上げる。

「……どうしました？」

かおりは尋ねた。

「……マジかよこれ！」

「あったんですか？」

かおりがさらに尋ねる。

「……うわあ。来たよ来たよ!!」

結城は顔を輝かせた。

「あったんですね？」

「ミラクルが来たねえ！　ふたつとも見つかっちゃったよ！」

結城はサンライズ物産マーレーン駐在所の種子島に電話をかけた。

「そうかビンゴか！　指紋のふたりは、ラーマンとマーティール。兄弟だ」

種子島はふたりの写真付き雇用申請書類を見た。

「給料が安いと文句ばかり言ってたそうだ。会社の備品を勝手に横流しして、ひと月前に解雇されている。それを恨みに思っていたところに、妹さんの騒動が持ち上がった。なあ佐藤君」

種子島はそばにいる佐藤に声をかけた。

「妹の騒動？」

結城が尋ねる。

「ふたりの妹、シェーラもうちの工場で働いていたんですが、妊娠が判明したので、産休を勧めたんです」

佐藤が種子島から受話器を受け取り、結城に説明をはじめた。ラーマンとマーティールの妹、シェーラの写真付き雇用資料も、種子島の前に置く。

「ところが兄のせいでクビにされたと勘違いしたシェーラは、子どもをどうやって育てたらいいのかと絶望して、流産してしまったんです」

そこまで言った佐藤から、種子島は受話器を奪った。

「それが、犯行の引き金になったのかな。まあ、フランス語圏の話がなかったら辿り着けなかったろうな」

種子島のその話を聞いていたかおりを、結城と財部、そして西行寺が見ていた。

「……何か？」

尋ねたかおりに、

「……少しは役に立ったな」

西行寺が言うと、かおりの表情がほんのわずかにほころんだ。

「地元警察への捜査協力を要請します」

「まだだ。犯行声明のサインの筆跡が一致して初めて決まりだ」

西行寺が言う。

「すぐに書類との照合を頼みます」

かおりは苦笑した。窓の外は夜が明け始めている。時計の針はもう午前五時になっていた。

二〇一三年九月、アメリカ。犯人はジュラルミンケースを手に廃屋ビルの階段を駆け上がった。ジュラルミンケースの重みで犯人は次第にスピードが落ちていき、西行寺との距離が縮まってきた。最上階のフロアスペースへ走った犯人を、ついに西行寺は追いつめた。

「約束する。警察には突き出さない」

西行寺は英語で迫って言った。犯人は怯えて後ずさっていく。

「だから教えてくれ。人質はどこだ?」

じり、じり、と、距離が縮まっていく。

「教えてくれ。おまえしか知らないんだ」

と、後ずさった犯人の姿が消えた。そして、ゴッと鈍い音が響いた。

どういうことだ? 西行寺が見ると、フロア奥に床のない空洞スペースがあった。駆け寄っていき空洞の下を覗き込むと、眼下に倒れている犯人の姿があった。頭から血を流して、絶命している。

え……。西行寺はただ愕然としていた。


二〇一五年八月七日午前六時。西行寺はサンライズ物産本社の談話スペースでひとり、コーヒーを飲んでいた。と、そこに、かおりが歩いてくる。

「筆跡が照合できました。犯人は解雇された元従業員で確定です。地元警察にも協力を仰ぎました」

「まだ袴田所長は見つかっていない。しかも、犯人は妹の件で、サンライズに強い恨みを抱いている。人質を守る為には、犯人の要求に応える必要がある。白川専務に決断してもらう」

そう言った西行寺に、かおりは言った。

「……同行させてください」

西行寺とかおりは、専務室に白川を訪ねた。とりあえずここまでの状況を説明する。

「……状況はわかった。あとはどう対応するかだな」

白川はうなずいた。

「選択肢はひとつしかありません。人質の安全を最優先に考えるべきです」

西行寺が言う。

「もちろん、私もそのつもりだ」

「マーレーンの口座に十億円を送金した後、記者会見を開いて、駐在所の撤退を発表してください」

「……それが本当にベストの選択なのか？」

白川が尋ねる。西行寺はぐっと黙り込んだ。

「私も何が正しい選択かずっと考えていた。ここで犯人の要求を呑めば、サンライズは誘拐犯に簡単に屈するという印象がついて、世界中にある支社が誘拐やテロの標的にされる恐れが出る。誘拐犯に屈するのは、危機を広げる行為じゃないのかね」

その問いかけに、西行寺は尚も黙っている。

「マーレーンは我が国の輸入ゴムの二割をまかなっている。それを失えば、日本の経済にも影響が及ぶ。駐在所を撤退すれば現地にも失業者が溢れる。それがどんな大変な事態を生むか、君だってわかってるだろう」

「白川専務。袴田所長は命の危機にあるんですよ」

口を開いたのは、かおりだ。

「一度、撤退を表明して、人質救出を確認してから、また改めて、駐在所を立ち上げることはできませんか?」

「そんな甘い話じゃない!」

白川が声を荒らげた。

「たとえ誘拐犯から人質を守る為だったとしても、サンライズは世界的な信頼を失うんだ。我が社を崩壊に導く恐れのある決断を、私がくだせると思うかね」

「犯人は銃を所持しています。袴田さんを殺害するとも予告しています。それを知りながら、社員を見殺しにしたとなれば、やはり世界からの批判の眼に晒されます」

かおりは言った。

「それ以上に、我が社の社員が失望するでしょう。この会社は、命懸けで資源獲得に未開の地へ乗り込んだ社員を、守らないんだと」

かおりの心からの言葉を、白川と西行寺が真剣に聞いている。

「駐在所がなくなっても、ゴムを確保する道は何かあるはずです。袴田さんが未開の地に踏み入って開拓したように、商社なら道は探せるはずです」かおりは一呼吸おいて、さらに続けた。「白川専務。この会社は既に大きな危機の中にいます。その危機を脱出する決断ができるのは、専務しかいないんです」

かおりの言葉を聞き、白川は西行寺を見た。そして言った。

「……西行寺君、犯人は殺害を実行すると思うかね」

「これまでの感触から私は実行すると見ています」

西行寺が答えると、白川は時計を見た。

「……タイムリミットは今日の十二時だったね」

白川の問いかけに西行寺が「……はい」とうなずく。

「十一時に記者会見を設定してくれ。内容は伏せたままでいい」

「ご決断ありがとうございます」

かおりは感謝の気持ちで頭を下げた。

「ただし私にも要望がある」白川が言う。「できれば、それまでに事件を解決して、駐在所撤退会見を、誘拐事件解決会見に替えて欲しい」

「……もちろん、全力で対処します」

　その時点で八月七日七時になっていた。

　タイムリミットが近づき、指定した記者会見の時間、十一時も近づいてきた。会場には、記者たちが集まり始めている。白川、逢沢、西行寺の三人も、舞台袖で待機していた。

「白川専務、ご苦労様です」

　そこへかおりもやってくる。

「向こうはどうなっている」

　白川は尋ねた。

「身代金を積んだ車が、そろそろ指定場所に着くはずです」

「アジトの特定は？」

　次に逢沢が尋ねる。

「申し訳ありません。地元警察が捜索中ですが、まだ見つかっていません」

　かおりが言うと、三人はしんと黙り込んだ。そして白川が時計を見ると、十一時になっていた。

「……腹をくくらなきゃな」

　白川は会見場へ歩き出した。かおりがその後ろ姿を無念そうに見送っていると、西行寺の携帯電話に種子島から着信が入った。

「……何か動いたか？」

「たった今、犯人が捕まった」

「……袴田所長も無事か？」

「ああ」

マーレーンのコンテナ倉庫から犯人が連行され、袴田が救出された。その様子を見ながら、種子島は電話をかけている。

「……なんとか間に合った。無事に助け出せた」

「……ああ」

西行寺はホッと息をついた。かおりが答えを求めるように西行寺を見ると、西行寺はこくりとうなずいた。かおりは白川に駆け寄り、腕をつかんだ。白川が振り返る。

「間に合いました」

「……本当か？」

「誘拐事件解決記者会見に変更です」

「……ありがとう。誇らしい会見ができそうだよ」

かおりも白川も笑顔でうなずきあった。

「逮捕に至った詳しい状況は、すぐにまとめてお渡しします」

かおりの言葉に白川がうなずいて会見に向かおうとしたとき、西行寺が歩いてきた。

「白川専務。申し訳ありませんが、こちらでお待ちください」

「……え」

「間もなくこちらに坂手社長が到着します」

西行寺の言葉に、白川は黙り込んだ。

「会見は、坂手社長が行います」


かおりは美沙と廊下を歩いていた。

「ありがとうございました」

美沙は先ほどから何度も何度も礼を口にする。

「ご主人とお話はできましたか」

「ええ、さっき電話で……」

「さすがにご主人も、日本に戻ることになりますかね」

「いえ、もうしばらくは向こうにいたいと言ってました。現地従業員の待遇見直しも含めて、駐在所を立て直さなきゃいけないとかで」

なんと、袴田はあれほどの怖い思いをしたのに、まだ現地にいるそうだ。

「……じゃあ、またしばらく会えないんですか？」

かおりは信じられない思いだったが……。

「……会えますよ。会いたいですから」

「……え、もしかして」

「また向こうで一緒に暮そうと思います」

美沙は穏やかに微笑んだ。


『サンライズ物産　マーレーン駐在所長誘拐事件解決　坂手社長の危機対策能力に喝采』

夕刊には、実に誇らしく会見する坂手の姿が一面に載っていた。専務室で白川は、その夕刊を見ていた。

「……まるで坂手社長が全て解決したような記事ですね」

かおりが歩み寄る。

「……いいさ。袴田君は無事だった。サンライズ物産もな」

白川は頷いた。二面には、救出された袴田の写真が載っている。

「それにしても西行寺君はよくやってくれた」

「まさか誘拐事件を解決できるなんて、私も半信半疑でした」

「彼は正しい仕事をしている。それは認めざるを得ない」

「……私も同じ思いです」

それは、かおり自身も認識している。

「今回の件では今更ながら商社の使命も思い知らされた。私もいずれ大きな仕事をしなければならない。そのときは、君の力も貸して欲しい」

「喜んでお力になります」

かおりは深くうなずいた。


二〇一三年十月。アメリカ某所の地下室で、警官たちは遺体を確認していた。警官たちの背後で、西行寺もそれを愕然と見ていた。地下室からは布をかけられたケイトの遺体が、運び去られる。

「……人質の死亡推定時刻は三日前の夜……あと一歩、発見が早かったら……運が悪かったってことだ」

そこに、種子島が歩み寄ってきた。

「まさか犯人が死ぬなんて思わないっすもんね」

結城も、だ。

「……いや……深追いしなければ……人質の監禁場所を知る唯一の男を……死なせることはなかった」

西行寺の悔しそうなその目は、微かに潤んでいるようでもあった。

「あれ以来、おまえはしばらく仕事を受けなかったな」

袴田誘拐事件解決後、種子島は帰国し、数日後に西行寺とバーで飲んでいた。

「そしてようやく仕事に復帰したと思ったら、今度はオフィスを閉めて、日本に行く
と言い出した……どうしてだ？」

種子島が尋ねてくる中、西行寺は黙ってコップを傾けた。

「そろそろ教えてくれよ。おまえは何しにこの会社に来た？」

けれど何を聞かれても答えずに、西行寺は酒をぐいっと飲み干した。


（下巻につづく）

――本書のプロフィール――

本書は、フジテレビ系ドラマ『リスクの神様』の脚本を元に、一話から五話までをノベライズしたものです。

小学館文庫

リスクの神様《かみさま》（上）

百瀬《ももせ》しのぶ
脚本　橋本裕志《はしもとひろし》

二〇一五年七月十二日　初版第一刷発行

発行人　稲垣伸寿
発行所　株式会社 小学館
〒一〇一-八〇〇一
東京都千代田区一ツ橋二-三-一
電話　編集〇三-三二三〇-五六一七
　　　販売〇三-五二八一-三五五五
印刷所――――凸版印刷株式会社

この文庫の詳しい内容はインターネットで24時間ご覧になれます。
小学館公式ホームページ　http://www.shogakukan.co.jp

Printed in Japan　ISBN978-4-09-406188-8